左耳

The Left Ear

终结

饶雪漫.著 SHARON WORKS

长江出版传媒 ｜ 长江文艺出版社

图书在版编目（ＣＩＰ）数据

左耳终结 / 饶雪漫著 . —武汉：长江文艺出版社，
2017.5（2018.3 重印）

ISBN 978-7-5354-9180-0

I.①左… II.①饶 … III.①长篇小说—中国—当代 IV.① I247.5

中国版本图书馆 CIP 数据核字 (2016) 第 237316 号

左耳终结

饶雪漫 著

选题产品策划生产机构 | 北京长江新世纪文化传媒有限公司
选题策划 | 金丽红　黎　波　安波舜
责任编辑 | 李　含　蒋淑敏
法律顾问 | 张艳萍　　　装帧设计 | 张洪艳　　　媒体运营 | 孙　琪
创意策划 | 连若琳　　　内文制作 | 邱兴赛　　　责任印制 | 张志杰　王会利
总 发 行 | 北京长江新世纪文化传媒有限公司
电　　话 | 010-58678881　　　传真 | 010-58677346
地　　址 | 北京市朝阳区曙光西里甲 6 号时间国际大厦 A 座 1905 室　　　邮编 | 100028

出　　版 | 长江出版传媒　长江文艺出版社
地　　址 | 湖北省武汉市雄楚大街 268 号湖北出版文化城 B 座 9-11 楼　　　邮编 | 430070
印　　刷 | 三河市华业印务有限公司
开　　本 | 889 毫米 ×1194 毫米　1/32　　　印张 | 8.5
版　　次 | 2017 年 5 月第 1 版　　　印次 | 2018 年 3 月第 2 次印刷
字　　数 | 200 千字
定　　价 | 32.80 元

盗版必究（举报电话：010-58678881）
（图书如出现印装质量问题，请与产品策划生产机构联系调换）

Sweet talk is ready for the left ear.

甜 言 蜜 语 ， 说 给 左 耳 听 。

一个有点长的序

亲爱的
微笑，眼泪
一朵花，一粒沙
一串暗红色的冰糖葫芦
坚持不哭的维尼小熊
写在玻璃上的誓言
我疼过的心尖
皆是我们爱过的证据

——选自木子耳的博客《左耳说爱我》

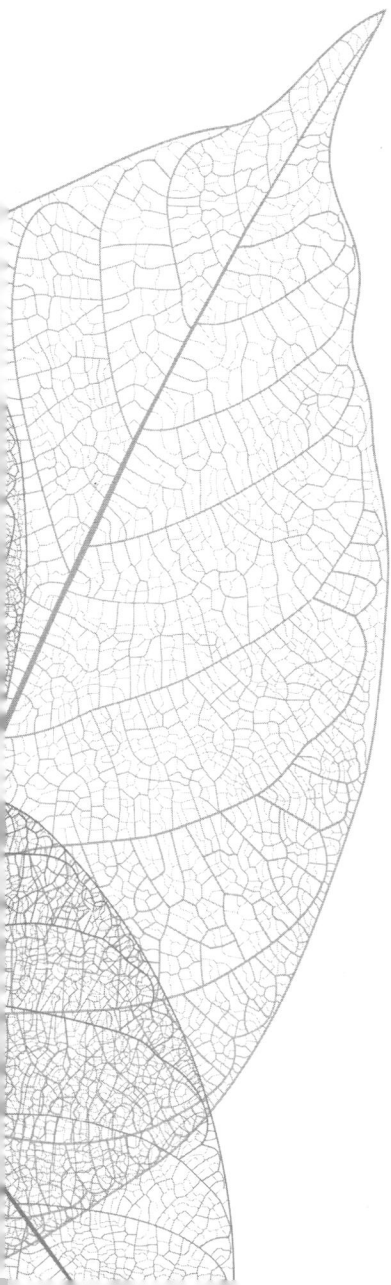

很多天过去了，我都不知道该如何称呼他。

很多时候，我习惯说："噢。"他就笑起来，不过他笑完就算了，从不强求我，或者是给我一些建议什么的。老实说，这实在是一场有些奇特的恋爱，我猜想这主要是因为它从一开始就以一种非常奇特的姿势进行，所以发展起来就不得不有些非同寻常。起初的兴奋过后，我们都显得有些小心翼翼，彼此心照不宣的是，都不想过早地让别人知道这一切。所以我们见面的次数并不多，就算见面，也搞得像"地下党"般：在街上一前一后地走，半夜十二点坐在寒冷的屋顶上相对傻笑，每天发一些相同的毫无创意的短消息，诸如"饭否？天气不错呵"等。就这样，时间像上了超速的发条般，寒假过完，新学期到了。

离开家的前一天，我决定去一个地方。不过我没有告诉他，而是独自前往。通往南山的路在修，路况非常糟糕，公交车只能开到一半，也没有出租车愿意去。我走了很长时间的路才到达那里，球鞋上沾了许多难看的泥，这让我的每一步都显得有些沉重。她墓前的青草比我想象中的茂盛，我并没有给她带任何的东西，鲜花或是别的礼物。我只把我自己带来，希望她能看到我，感受到我。

我在墓碑前坐下来，看着她照片上的眼睛。她在微笑，眼睛里有一种清澈的责备，我心里的慌张忽然像剑一样突兀、高昂。就在这时候，身后传来我熟悉的呼吸，我回转头看到他正似笑非笑地看着我，这双重的刺激让我差不多跳了起来。

他迅速搂我入怀，说："你应该叫上我。"

我莫名地尴尬，试图挣脱他，可他搂得更紧。

"让她看见！"他说，"让她看见，这没有什么不好。她会为我们高兴的。"

"不要！"我叫起来，"不要，张漾，不要！"

我的激烈反应好像吓到了他，他终于放开了我。我跑得远远地，在一棵树的旁边蹲下来，背对着吧啦的墓。我不知道应该说什么，也不知道应该做什么，总之一句话，我不知道如何是好。

他跟着我过来，蹲在我的对面，他抬起我的下巴，用力地捏着它，迫使我看着他的眼睛，然后他用低哑的声音问我说："为什么呢，你为什么要这么想呢？告诉我！"

我的眼泪不可控制地掉下来。他的唇贴近我冰凉的脸颊，温柔地辗转，吸干了它们。然后，他在我右耳边叹息说："小耳朵，我的心里一直不好受，你知道吗？"

"嗯。"我说。

"我知道你是知道的。"他像在说绕口令,"你也应该知道,我是知道你的。"

我拼命地点头。他再度紧紧地抱着我,像发誓一样说:"你放心,我不会再犯同样的错误,不然,就让我不得好死!"

他居然在墓地里说这样的话,我的心一下子就软了,慌里慌张地伸出手去堵他的嘴。他捏住我的手,放在他的胸前,问我:"明天你就要去上海了,会想我吗?"

"不会。"我说。老天作证,其实我是想说"会"的,但不知道为什么吐出来就变成了这两个字。

他呵呵笑:"我是白问,你是白答。"然后他放开我,看着远方的天空,像下了重大决定似的说道:"以后,我不再叫你小耳朵了,好吗?"

"那你叫什么?"我好奇地问。

"老婆。"他调过头来看我,脸上带着捉弄完我后得意的笑。

我气得想要踢他,他灵活地躲开了。我再次跑到吧啦的墓前,轻声对吧啦说:"你看到没有,他整天就这样欺负我。"我被自己略带矫情的声音吓了一跳,或许这就是真正的爱情吧,它会把你折磨得不像你自己。吧啦还是不说话,她还是那样微笑着,眼神里带着清澈的责备。

噢,天,我不知道她到底在责备谁。

"我们走吧。"他在我身后说,"很奇怪,我每次来这里都会变天,到公交车站要走好长时间,要是下雨了,你会感冒的。"

我跟着张漾走，却忍不住一步三回头，噢，吧啦，你到底有什么意愿呢？

张漾伸出手来，把我的头扭过来。然后他说："小姑娘，我们朝前走。"

我在心里有些委屈地想，我还是喜欢他叫我小耳朵。但我知道，他要朝前走，然后忘掉一些东西。当然，他也没有什么错，我们都应该朝前走，像我喜欢的一句话：记住该记住的，忘记该忘记的，改变能改变的，接受不能改变的。不是吗？

因为还要收拾行李，那天我们并没有在一起多待一会儿。我回到家里，发现尤他坐在沙发上，正在看电视。自大年三十过后，我还是第一次见到他。他把头发剪短了，看上去不再那么傻乎乎的。见我进了门，他大惊小怪地喊起来："呀，你的鞋上怎么有那么多泥？"

我换上拖鞋说："不小心踩的。"

他走过来，弯下腰拎起我的鞋，一直把它们拎到阳台上去，在拖把池那里用力地拍打、冲洗。我端了一杯热水，靠在阳台的玻璃门边默默地看着他。想起十二岁的那一年，我们去郊游回来，他也是这样替我洗鞋子，爸爸妈妈都夸他能干，他一直是这么一个能干的固执的好小孩。

"我爸妈呢？"我问他。

"去我家打牌了。"他说，"我来拿我的手机，明天要开学了。"

对，他的手机一直在我这里。

我回到自己房间，把他的手机拿出来，他已经把我的鞋洗好，放在晒台上。我把手机递给他，他碰过冷水的手冰冰凉的，我迅速把手缩回来，跟他说"谢谢"。

他说："昨天我在书店看到你了。"

"哦？"

"我还看到张漾了，在另一个柜台。"

"哦。"

"许弋他爸爸官复原职了，你知道吗？"

"不知道。"我维持着我的耐心。

"明天我去火车站送你吧，反正我是晚上的火车。"

"不用了，时间太早了，"我说，"而且爸爸会送我的。"

"那好吧。"尤他把手机拿到耳边，做了一个打电话的动作说，"有事给我打电话。"

我点点头。

他终于转身要走，就在他走到门口的时候，我的手机忽然响了起来，我低头一看，是张漾。我没接，手机铃声是周杰伦的《发如雪》，周杰伦一直在唱，当他唱到"狼牙月，伊人憔悴……"的时候，尤他拉开门，走掉了。

我这才接了电话。

张漾说："小姑娘，我忽然很想你。"

我说："嗯。"

他说："我们要分开，我舍不得。"

我有些握不住电话了，这要命的甜言蜜语，我真想为此粉身碎骨。

"我就在你家楼下。"他说。

"等我。"我挂了电话飞奔下楼。跑到一楼的时候，我看到尤他，他转过身惊奇地问我："李珥，你急急慌慌的要去干吗？"

我停在楼梯上，握着我的手机，对着他傻笑。

"你没事吧？"他说。

"没事没事。"我说，"我去超市买点东西，你快回去吧。"

"要我陪吗？"他问。

"不要，不要！"我把手机拼命地摇起来。

谢谢老天，他没有坚持，而是跟我挥手再见。

我确定尤他走远了，这才走出楼道。张漾从一棵大树后闪了出来，天还没有黑，还是黄昏。冬天黄昏的阳光照着他的脸，像镶了一道暗暗的金边。我们就这样站着，他看着我，我看着他。终于，我笑了，他也笑了。

我问他："要到我家坐坐吗？"

"不太好吧。"他说。

"我爸妈都不在家。"

"那就更不好了吧。"他说。

我为他的歪心思涨红了脸，他却更乐了。

"明天我去车站送你。"他说。

"好。"我说。

"我想抱抱你。"他说，"可是这里人来人往的。"

我伸出手，他迟疑了一下，不过很快就握住了它。我拖着他往前走，命令似的说："陪我去一个地方！"

"去哪里？"他说，"郊外不去，今晚降温，我怕你会感冒。"

"去了就知道了。"我说。

"呵呵。"他笑起来，"你这样拉着我，不怕被人看见吗？"

我松开了他的手，走到他的前面去。还好，他一直好脾气地跟着我。

我把张漾带到"算了"。这是一个我们一直回避的地方，我在心里为自己的勇敢鼓掌，我终于敢面对一些东西，不是吗？我必须要知道一些事实，而今眼下，我必须要是他最最重要的人。

"算了"还是那个样子，好像一点儿没有变，只是人烟稀少。很久以前我曾经在这里，为了一个自己喜欢的男生，被人打得头破血流，一个女孩像老鹰护小鸡一样地把我搂在怀里。我闻到她身上的香味，带着对爱情的忠贞感甜蜜地昏过去。时光像被剪碎了的碎片在瞬间重新被粘贴，我看到过去，看到我年少而不顾一切的十七岁，心里有点不可思议的闷。那时候的我，无论如何也想不到，自己会爱上别的人。

张漾拉了我一把，我们面对面坐到角落里。我的小肚鸡肠也许已经被他识破，但他什么也不说，于是我的脸就又红了。

他笑着，伸出一根手指，爱怜地碰了碰我的脸。

我的脸就更红了，傻不拉叽地说："我很怕，我没有你想象中那么好。"

"我也是。"他说。

"还有，我很怕受伤。"

"我也是。"

"我常常没有安全感。"

"我也是。"

"……我爱过一个人，不是你。"

"……我也是。"

"你不想知道是谁吗？"

"不想。"他干脆地答。

"我觉得我一直都弄不懂什么是真正的爱情呢。"

"那我们慢慢去探索吧。"他用难得温和的口气回答我说，"因为我也不太懂。"

"噢。"我说，"我很想知道，你是哪一天爱上我的，可以告诉我吗？"

"从你爱上我的那一天起。"他看着我的眼睛说。

那晚，我们说了很多的话，他喝光了一大杯啤酒，我喝光了一大杯酸梅汁。我们还共同吃掉了一大块蛋糕。夜里十点的时候，妈妈打电话来催我回家，张漾买了单，把我送到我家楼下。离别的时候，他轻轻地抱了抱我，我闻到他身上淡淡的啤酒味。也许是在酒吧里话已经说得太多了，那一刻，我们什么也没说，我转身上了楼。

我并不是没有尝过"离别"的滋味，但这一次，确实有些与众不同。我想好了许多种离别的方式以及离别时将要说的话甚至离别后我都该做些什么，还流了一些不争气的眼泪。但事实证明这一切都是白费心机，因为第二天一早他发短消息告诉我，他会送我去上海，然后坐当天晚上的车回北京报到。

我看完这个短消息，在床上呆坐了半个小时，以至于我赶到车站的时候，差点错过了火车。爸爸把我送上了车。火车开动了，大约三分钟后，他神奇地出现在我的面前，我看着他亲切的脸，心里像温泉一样汩汩地冒着热气。因为是临时买票的缘故，他并没有座位，只好坐在我座位的扶手上。不过这样也好，我们说起话来挺方便。

火车轰隆隆地往前开，我对他说："其实你不必送我去的，我以前一个人就可以。"

他说："那当然，以前你不是我女朋友嘛。"

"可是，"我口是心非地说，"我不太愿意，因为这样你会很辛苦。"

他哈哈大笑起来，然后搂住我的肩膀说："我的小姑娘，不管你愿不愿意，以后的日子，我都会这样宠着你。"

男生的誓言往往像甜而脆的薄饼，进入嘴里就会慢慢地融化，可是它又会迅速地潜伏进你的体内，占领你的心。我有些不习惯在公共场合这样子和一个男生搂在一起，于是我装作喝水，不露痕迹地离他稍远一些。冬天还没有完全过去，可密不透风的空调车厢已经热得让人透不过气来。他替我把大衣脱掉，放到他的腿上，然后对我说："睡会儿吧，到了我叫你。"兴许是前一天晚上没睡好，我靠在他身上，竟然很快就睡着了。我做了一个非常奇怪的梦，我梦到我站在一个很空旷的操场上，蓝天像一块幕布，正在放映一个很冗长的电影。电影里，他和她在亲吻。他们吻得非常热烈，他是她的，她是他的。我仓皇地退到角落里，那个角落里堆放了很多的风筝，彩色的，很吓人，像一张又一张人脸；我继续退，风猛烈地吹起来，风筝摇晃着，争先恐后地往天上挤。我感觉自己在拼命地出汗，然后，嘴唇发出一个极易发出的音节：Ba——la。紧接着，幕布摇晃，影像碎裂，我醒了。

我醒了，发现他正看着我。

在我闪烁不定的眼神中，他胸有成竹地说："你做梦了？"

我有些心虚地转开我的头，又装作找水喝。上帝作证，我是多么希望自己能迅速成长为一个有着很多小把戏的女生，不要那么轻易让人看穿我的伎俩。

他把水杯递到我手里说："你梦到我了？"

"没有。"我说。

"小耳朵撒谎。"他轻笑着说，"你一定是梦到我了。"

他轻易忘了他的决定，又叫我小耳朵。我的心里忽然滋生出一种黏稠的恐惧，像糖一样，没完没了。于是我轻轻地推开他，坐直了身子。他却用力把我拉回他身边，在我耳边轻声说："不许离开。"

我的耳朵又失聪了。我靠着他，那一刻我忽然感觉我们很陌生，他到底是谁，我该叫他什么，我们怎么会在一起？火车继续轰隆隆地往前开，我的大脑开始迷乱，好像吃了什么不该吃的药，任由自己智商间歇性地低下。

大约两小时后，我们随着汹涌的人流下了车。我背着 Hello

Kitty 的小包像在公园闲逛般自在，他则一只手拎着一个笨重的行李，示意我该如何走到地铁那边。我说："我可以拖一个箱子的。"

他不理我。

到了地铁站买票的地方，他让我看着行李，他去排队买票。

他没有零钱，我有零钱，可是他坚决不肯用我的钱。他给了人家一百块买两张三块钱的地铁票，卖票的人找了很多的零钱给他，他把它们一股脑儿放在衣服口袋里，然后拿起地上的行李对我说："我们走。"

我赌气般抢过其中的一个，像个将军般走到他前面去。

他迟疑一下跟上来，笑着对我说："呵，原来劲儿挺大。"

地铁里很挤，我们没有位子。他抓着我的手，让我坐到箱子上。我坐上去，他的手放到我的肩上来。他用了些力气，像是怕我摔跤，我看着自己的脚尖，检讨自己内心的小脾气，尽量说服自己不去想那些无关大局的小事。偏偏地铁摇晃的时候，他口袋里的硬币叮叮当当地响了起来，我的小脾气就又上来了，管都管不住。

走出地铁站的时候，我看到一块很大的广告牌，广告牌上是蒋雅希，那是一个唇彩的广告，她微张的唇如涂了粉色的蜜，分外诱人。我在广告牌下停下我的脚步，饶有兴趣的样子。张漾粗声粗气地说："走。"

我嘿嘿地笑。

他咬牙切齿地说："我迟早收拾你！"

"我不怕。"我说，"兵来将挡，水来土掩。"

他拎着两个笨重的行李，拿我没辙，过了好半天才恍然大悟地说："小姑娘，我忽然发现你其实挺坏的。"

我说："嗯，迟了。"

他放下行李，朝着我张牙舞爪。识时务者为俊杰，我已跑得离他远远的。

等他终于赶上我的时候，我已经举着一杯珍珠奶茶递到他面前，笑眯眯地对他说："累了吧，喝一杯怎么样？"

他握着我的手把一杯奶茶喝了个精光，然后他坏笑起来，一把搂住我的腰说："我想在这里吻你，来证明一下我跟你到底谁更坏。"

我吓得小脸发白，连忙承认说："你你你，你更坏。"

他乐不可支。

接下来，怕他真做出什么惊人之举，我只好乖乖地跟在他后面，不再多话。但我低头快步走路时嘴角的弧线足以证明，快乐是从骨髓里冒出来的，是以前从来都没有体会过的，是值得我用一生去呵护和守候的。

到学校的时候已经是中午，午饭时间已过。他送我到女生宿舍楼下，等我去放行李。我和同宿舍的女孩们好久不见，寒暄了好一会儿才得以脱身。我担心他会等得有些不耐烦或饿得有些受不了，快步跑下楼去，看到他正靠在一棵梧桐树下。他穿的并不是名牌，但身形挺拔卓尔不群，在我的眼里，像一枚小小的太阳，是那样的光彩照人。

于是我站在那里，有些傻傻地看着他，直到他发现我，朝我招手。

我走近。

"走吧。"他说，"你一定饿了。"

他并没有拉我的手，我们还是这样一前一后地走。走到校门口的时候，琳突然出现，像只大鸟一样展开双臂朝我扑过来，把我搂到怀里，一脸坏笑地看着我身后的张漾，在我耳边轻声说："咦，有了新故事也不汇报啊？"

我有一丝尴尬，没想到会在这里遇到琳，我不希望琳对我有想法，认为我是那种容易开始也容易结束的女生。

"张漾。"我跟琳介绍。

他们相互点头微笑。

张漾转头问我："闺中密友？"

"这就是我跟你说起过的琳。"我说。

"谢谢你常照顾李珥。"他表现得落落大方，估计在琳那里已经赢得较高的分数，琳哈哈笑起来，我心稍安。言语间，琳的胖男友已经从旁边闪出来，他的手里拿着琳的外套。

"穿上吧。"他说，"别冻着了。"呵护之情溢于言表。琳听话地穿上衣服，短短一个假期不见，她已经在爱情里脱胎换骨，整个一小女人的角色。那一瞬间我想起她穿了干练的牛仔裤跟我一起在体育馆大声叫卖荧光棒的情景。原来我们的改变，都是那么的容易。

"要去办点事，回头再约。"琳朝我挤挤眼，挽着胖男生走掉了。

我和张漾到学校附近的一家拉面馆里吃拉面。也是"小新疆"的面馆，但口味却比天中附近的那家差了很多。

听我抱怨，张漾说："其实差不多的，你是感觉不同而已。"

我坚持："肯定不一样。"

"好吧。"他一边吃下一大筷子面一边说，"小坏蛋说不一样那就是不一样。"

他这么频繁地换称呼，我真有点吃不消。

我说："我有个要求。"

"说！"

"今天我请你吃面。"

"不行。"他说。

"为啥？"

"不为啥。"他说，"反正我跟你在一起，不想让你花一分钱。"

"为啥？"

"我都说了不为啥。"

"但我今天非请客不可。"我把筷子"啪"地放下，坚决地说，"不然我就不吃这碗面，饿死！"

他看着我："破小孩你够拧的啊。"

我只是哼哼。

"好吧。"他投降。

我还是哼哼。

他生气地说："我都同意了，你还哼什么哼啊，小心我揍你！"

我继续哼哼。

他伸出手来，在我的头发上揉了揉："乖小孩，快吃，不然会饿晕过去的。"然后，他拿起一双干净的筷子，替我把面和了和，一面和一面说，"我老记得那个替我和面的女孩，我想啊，我就是从那个时候喜欢上她的呢。"

那天，我如愿以偿地付了账。他把手放在口袋里，无可奈何地对着我笑。没错，我就是这样拧，尊严有时候比什么都重要，当然他的让步和宽容也让我心存感激。当我们在淮海路上闲逛的时候，我就是那样充满感激地想，我这辈子都要好好地对他，这个特别的男生，感谢上帝把他赐给我，希望从此不要再有变数，我们可以就此度过长长的一生。

当天晚上，他坐八点的火车离开上海前往北京。他先把我送到学校门口，然后再坐地铁去火车站。

我说："我想去送你。"

"不许！"他说。

"可是……"

"没什么可是！"他打断我，"往里走，快，我看着你。"

原来离别竟是如此的残忍，它早来晚来，迟早要来。我僵持着身子，没有动，可我也不敢抬头看他，怕眼泪会不听话地滚下来。

他也没有说话，不知道过了多久，我好像听到他离去的脚步声，我惊慌地抬头，四处寻找，已经没有了他的踪影。我的心一下子就空了，好像是一种魔法一般，只不过短短一瞬，他就这样神奇地凭空消失了。

很久以后我回味此情此景，才知道这不过是一次"练习"而已。在甜蜜而脆弱的爱情里，我们都这样不断地在"练习"，"练习"失去，"练习"承受，"练习"思念，在重重复复高高低低的预热中，走向我们最终的、早已既定的结局。

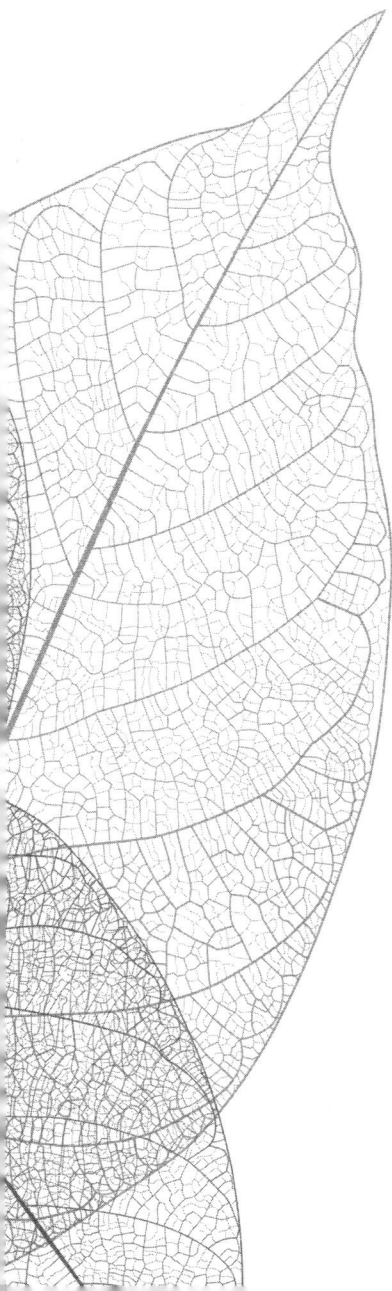

亲爱的，

当我已经渐渐习惯没有你，

我曾经愚蠢地以为，

我就可以忘了你了……

——许弋

_01

在我不算漫长的二十年人生历程中，我曾经爱过两个女人。

我用"曾经"这个词，很明显，是表明一切都已经成为过去式。有时候我费老大的劲，也想不起她们的样子；但有时候无论我是走着站着坐着或是躺着，毫无预兆，她们忽然就会鲜活地出现在我的脑海里，挥之不去。

我爱的第一个女人，她死了。这是一件很遗憾的事。她是一个技校的女生，美艳不可方物，她有奇怪的性格和奇怪的装扮，在一个飘雪的冬天死于一场离奇的车祸。是她主动追求我，然后手把手教会我谈恋爱。但我要是告诉你一件事，你一定不会相信，这件事就是，她压根儿就没有真正地爱过我。是的，这事听上去的确是有些荒唐，但事实就是这样。这笑起来如热带水果一般娇艳、让你无可抵挡的女人，对我而言，是朵灾难的云，就算风雨过去，天光大亮，她化为尘土归去，我的生命也已经被她烙上灾难的痕迹，无从改变。

她叫吧啦。当我读这个名字的时候，舌头会变得敏感而易痛。我总是忘不掉那一天的小河边，她让我替她吹掉眼睛里的沙子，那眼睛又大又亮，根本就不是进了沙子的样子，还有她玫瑰花一样绽放的脸以及我丢失得猝不及防的初吻。在吻这件事情上让一个女人占了先机，对一个大男人来说，着实是有些丢脸。但爱情开始，无论先后，无论真假，大抵都是这样天崩地裂的吧。

其实，在吧啦死以前，我就已经不再相信爱情。我曾经在我的数学笔记本上用无比愤恨的笔迹写下过八个大字：花花世界，狗屁爱情。但我竟然在一年多后又开始不知死活地谈起恋爱来。我应该怎么形容这第二个女孩子呢？小百合？嗯，对，小百合。这只是我放在心里的一个形容词，事实上和她谈恋爱的那些时日，我一次也没有这样叫过她。她对我真的很好，死心塌地。不幸的是那时候的我已经对爱情开始吊儿郎当，起初跟她好也只是想利用她。不过后来她确实感动了我，我发誓要一辈子对她好。只是，和"分手"比起来，"一辈子"是多么不容易的事，所以我很快又失去了她并成功地让她对我恨之入骨。我不知道用"恨之入骨"这个词是不是有点抬举了自己，或许她早就忘了我，因为自我们分手后，我就再也没收到她的短消息或接到电话什么的，这让我或多或少有些挫败感，至少，我希望目睹她在下着小雨的窗前为我流两滴伤心的泪什么的，这种阴暗的小儿科的想法让我有些瞧不起自己，更没法让这份失去的爱情在回忆中变得伟大或是缠绵。

都是我的错，我知道。

你瞧，我就是这样一个屡屡做错事的倒霉蛋，并常常后知后觉。活该不幸福。当我有时候良心发现，静下心来思索自己的人生的时候，我会把罪过转嫁到我父亲的身上。他们都说，我跟我父亲长得很像，我父亲年轻的时候也被爱情折腾得够呛，看来，我命中注定也难逃这样的厄运。但唯一庆幸的是，我比他年轻，如果我此时幡然醒悟，应该可以少走很多的弯路。

想明白这一点后，我差不多就是把"爱情"这两个字毅然决然地从我的字典里抹掉了。

现在说回我的父亲，其实他比我还要倒霉，他的前半生一直都风光无限，忽然有一天就住进了牢房里。等他出来后，又被车撞过一次，差点残疾。霉运走到底以后，他才被通知，官复原职。

我记得那一天离过年还有一个星期。得到这个通知的时候我父亲并没有像我想象中那样痛哭流涕或是捶胸顿足，相反，他平静得让我感到有点害怕。好像命运是一根伏线，知天命之年的他早就将其握在手中并洞悉一切，所以无所谓大悲和大喜。单从这点来说，我希望自己可以快快老去，像他一样稳得住，不必再为一些小事一惊一乍无比丢脸。

"我们回去过年吧。"父亲说，"还要替你妈妈扫个墓。"

"这个春节我要在电脑公司值班。"我说，"走不开的。"

"家不成家啊，"他叹息，"但那个家，你总是要回的。"

我沉默。不知道怎么回答他的时候，我通常都是沉默。不过后来他并没有强求，他在第二天一大早穿着整齐地离开我们租来的小屋，什么也没带，走了。我借口要加班，没有去送他。但是当我看着那个空荡荡的房子的时候却有一种想要流泪的冲动，我们这对孤单的父子在这里度过了一些时日。他让我累，现实逼迫我学会靠欺骗来达成所愿，但说到底我是心甘情愿的，这是亲情的牵扯，没有人可以选择。

他上火车后，给我发来一条短消息："儿子，爸爸一直觉得对不起你，你在上海一定要好好的，等我回去再创一片天地，把我们的家找回来。记住，爸爸和你永远在一起。"

他并不太会发短消息，我无从揣测他发这一条消息到底花了多少的时间，我只知道我用了极大的控制力才没有让眼泪掉下来。我鄙视男人的眼泪，认定它是全世界最轻飘飘的东西。我没有给他回信息，因为说什么都比不上什么也不说。

父亲走后我一个人过了好一阵子清净的日子。本来我打算搬回学校去住，但租的房子房租已经交到夏天，所以我就一个人住了下去。常常会有女孩到我住的地方来拜访，让我帮她们修什么毛病都没有的手提电脑，或者是争先恐后地替我收拾房间什么的。其实我也不明白，我到底是什么地方讨那些女孩子喜欢，我抱着一种愿者上钩的心态享受着这些女生们的崇拜。直到有一天，有一个大一的小女生躺在我的床上，她说她累了，想借我的床休息一会儿。她闭着眼睛躺在那里，午后的阳光照着她的耳朵，明亮的透明的耳朵，吹弹可破的皮肤，微微扇动的眼睫毛。我坐在床边的一个破沙发上，看着她，没动。

我忽然想起了一个人。

我以为我自己已经忘掉了的一个人。

我的心像被一把尖刀划过似的，快闭了气的难受。

我站起身来，女生睁开眼，有些惊慌地看着我。我拍拍她的脸蛋说："亲爱的，我要出去一趟。"

她的眼泪忽然就流了下来。

我没有管她，拉开门走了。

我跑到大街上，大街上车来车往，但我不知道该到哪里去寻找她。我拿出手机来，想打她的电话，但我却怎么也想不起她的号码，那个曾经烂熟于心的号码，被我忘得一干二净。我在大街上，从东走到西，再从西走到东，分别走了五百米左右的时候，我冷静了下来。

过去已过去，回忆不可追。

就这样吧。

我回到家里，那个女生还在。她还坐在我的床上，下巴抵在窗台上，望着外面，像在思考着一件极其重要的事。见我进去，她吓得从床上跳了下来，套上运动鞋，装模作样地要离开。

我拦住她："去哪里？"

"回学校。"她的声音低得我几乎听不见。

我的声音比她的还要低沉："要走，就永远别再回来。"

"许帅。"她抬起头来唤我，她的眼睛在微笑。

我该死的错觉又来了，我伸出手抱住了她，她浑身抖得厉害。我忽然想起那个雨夜，那个穿着同样球鞋的女生，她的脚狠狠地踩到我的脚上，我却一点儿也感觉不到疼，我那时唯一的愿望就是得到，得到，一定要得到。

可是，我最终得到了什么呢？我费心索取的一切不是又被自己一手推开了吗？

想到这里，我猛地推开那个女生，她无声地哭着，朝我扑过来。我又推开了她，她又扑过来，周而复始。终于，她被我推倒在地，以一种很难看的姿势趴在那里，好半天都没有爬起来。

"你走吧。"我说，"我不会爱你的。"

她站起身来，不屈服地说："你心里的那个人，总有一天会消失的。"

"我心里没人！"我开始咆哮。

"许帅。"她不顾危险，又走到我面前来，抚摸着我的脸，轻声说，"如果真的有人让你难以忘记，去找她，一颗心吊着，比一颗心死了还要难受。"

说完，她转身走出了我的小屋。

大约一小时后，我站在了一所学校的门口。我一分钟都不想再犹豫，决定来点直接的，于是我直接去了她的教室。她正在上课，我靠在门边上等，她读的是中文系，我能清楚地听到那个老师在讲古典文学，在说李清照的词。我等了很久，腿都站酸了的时候，终于下课了。学生们从教室里涌出来，好奇地经过我的身旁。她好像是最后一个，还是穿着她喜欢的粉红色的外套，背了个粉红色的包，手里抱着几本书。她什么都没变，除了头发剪短了一点点。

"李珥。"我喊她，嗓子没出息地变得沙哑。

她抬起头来，那一刻我有些绝望，因为她看着我的眼神里没有任何惊喜、牵挂，甚至怨恨。那是这么多天以来，我所见过的最干净的眼神。

然后她说："噢，许弋。"

我努力微笑。我的心里一直在思考我应该说些什么，要知道，我天生就不是一个擅长去讨好女人的男人，这让我的第一句话充满了坎坷，迟迟没法出炉。

"许弋。"终于还是她先开的口，"进教室坐坐吧。"

我跟着她进了教室，到了晚饭的时间，教室里已经空无一人。她找了个位子坐下，我坐到她对面去。

我有些艰难地说："欠的那些钱……"

"没关系的。"她打断我，"忘了那些事吧。"

"你忘了吗？"我问她。

"是。"她说。

"那我呢？"我说，"你也一并忘了吗？"

"没。"她说，"怎么会？"

我终于鼓足勇气："你今晚有空吗？我知道最近有部好看的电影。"我说完这句话看着她，等她给我答复，一秒仿佛胜三年。

她微笑："你什么时候喜欢上看电影了？"

是啊，一个很拙劣的借口，但时间紧迫，我一时实在是想不到更好的主意约她出去。看她稳稳当当的样子，我只好横下一条心："说吧，去，还是不去？"

她摇摇头。

说实话，这是我没想到的。

不是我不明白，这世界变化快。

我伸出手，想去抚摸一下她的脸，她却迅速地闪开了。我只好一拳头击到桌上，她很容忍地看着我。

那一天，我灰溜溜地离开了她的学校。但是谁说过，你越得不到的东西越想得到。对于我这个任性的孩子而言，这句话简直就是经典中的经典。

我决定重新追求李珥。上刀山下火海，只要她愿意跟我重新开始，要我付出什么都愿意。我花了很多的时间在网上找到了她的博客：左耳说爱我。那是一个加密了的博客，我又花了很多的时间打开它。的确，这是一件不太道德的事，可是，我没法阻止我的不道德，就像我没法阻止我面对一份爱情想要失而复得的排山倒海的渴望。

她的日志是从新学期的第一天开始的，有一种要把过去的一切完全删除的决绝。她很勤奋，天天更新博客。不过她的博客写得很蒙太奇，需要猜，猜了又猜才能基本明白她想要说什么。

看到这段话的时候，我的心跳得很厉害，她说：

> 他居然来找我，从天而降。不过这好像也是我以前猜到过的，要不，就是在梦里梦到过的吧。奇怪的是，我的心居然再无波澜，好像年少的坚贞，只是一场梦。
>
> 我……只是想念他，想到心都痛了。如果有一天，他也能这样子忽然出现在我面前，那该有多好。今天一天都没有收到他的短信，噢，还是不要怀疑吧，爱情应该是

美好的，不是吗？还是应该要相信爱的吧。

　　真的很想他啊。

我知道，前面那个"他"是我，而后面那个"他"不是我。

那么那个"他"会是谁呢？

管他是谁，我已经打算跟他血战到底。

_02

我用了相当多的时间来研究李珥。其实在以前我跟她谈恋爱的时候，我都从来没有这么认真地研究过她。结果是，越研究，我对她越感兴趣；越研究，我越希望能和她重新开始。这种研究其实也是对我自己的新发现，至少在这之前，我从来没有想过我许弋会对一个女人如此有耐心和如此沉得住气。

她会回到我身边的，我总是这么想。

周末，我雄心勃勃地又出发了。从她的博客上，我知道她会在早上九点的时候坐地铁赶往一个中学生家做家教。我在他们学校的地铁口那里等着她，九点钟刚过，我就看到了她，我尽量装出偶遇的样子对她微笑。事实上我知道我根本就装得不像，那么就让她感觉到我的处心积虑吧，这其实也不是什么坏事，不是吗？

"去家教呢？"我问。

她退后半步，轻声说："嗯。"

"我送你吧。"我说。

"不用。"她说。

"票我都买好了。"我把票举到她眼前。

"许弋！"她有些生气的样子。

"我想你一周，好不容易盼到周末。"我说，"你也知道我最怕的就是早起，可是我今天一下子就爬起来了，所以你不要拒绝我，让我这颗小小的心灵受到伤害。"

她笑。她居然笑得出来。

"好了，许弋，"她说，"别开玩笑了，我赶时间。"

我把左手举到额前："上帝作证，我是认真的。"

"我走了，再见。"说完，她大步流星地往前走去。

我跟着她，她一直都没有回头。而我，就这样一直跟着她，跟了一整天。

她去做家教的时候，我一直在小区外面等着；她去拉面馆吃面条，我也去拉面馆吃面条；她去逛书店，我也去逛书店；她去蛋糕店打工，我就在蛋糕店对面的咖啡屋里坐着，透过玻璃看着她。我以前从来没能发现，这个我爱过的和爱过我的女生，是如此的美丽。我看到一个客人在冲她发火，正想冲过去把那家伙揍一顿，她已经轻而易举让人家把气消了下去。

我喝着一杯苦咖啡伤感地想，噢，她好像从来就没需要过我，如今更不需要了吧。

她下班的时候，是晚上七点钟。天空开始下起小雨，某一年的某一天，仿佛在此刻被复制，只是没有雷电。连老天都帮我，不是吗？我运筹帷幄地拉开咖啡馆的门，在绵绵的细雨中拦住了她。

经过这一天的如影随形，我估计她已经处在崩溃的边缘。我想她会用力地推开我，往前跑，然后我会跟上她，抓住她的胳膊，搂她入怀，吻干她的眼泪，在她耳边告诉她我爱她，然后我们冰释前嫌，从头再来。一切顺理成章，简直比韩剧还要经典。

然而，我却失算了。

她根本就没跑，更别说掉泪了，她只是抬起头，微笑地看着我，问我："你累不累呢？"

我有些犯傻。

"许帅，"她摇摇头说，"你就像个小孩。"

那一刻，我真的很想抱抱她，索要一个真实的吻。可是她的镇定让我不敢有任何的举动，我只好站在她的面前，控制自己，继续犯傻。

她说："下雨了，你快回去吧，不要再跟着我了。"

我站着没动，她转身离开。雨越下越大，我固执地站在那里，不去看她离去的背影。我想起很久以前的一个夜晚，我收到一个女生的短信，上面只有三个字："忘记我。"原来女生绝情起来，都是如此不留余地。

不知道站了多久，雨停住了，我吃惊地抬头，发现头顶多了一把小花伞。撑伞的人，是她。

她柔声说："淋了雨会感冒的，你一定很累了，我请你到咖啡馆坐坐吧。"

本来，我应该微笑着拒绝她，带着我仅存的骄傲离开。但是我做不到，我听话地跟着她又进了咖啡屋，我们面对面坐着，她要了一些吃的，还给我要了啤酒，我们的样子看上去很像一对情侣。但是我心里的绝望已经溃不成军，我知道一切都已经无法挽回了，爱情失去的时候，就是这样子的。

"许弋。"她轻声说，"你瘦了。"

我破罐子破摔："为伊消得人憔悴。"

"你最近在忙什么？"她转开话题。

"思念你。"

"呵呵。"她笑，"以前你都不会说这样的甜言蜜语。"

"嗯。"我说，"所以我才失去你。"

"不是这样子的。"她说，"你失去我不是因为这个。"

"那你说说看是因为什么？"

"因为你不够爱我。"

扯淡。

"我不甘心。"我说。

"你说对了。"她说，"你只是不甘心，不是爱。"

"那爱是什么？"我问她。

"爱是两个人的事。"她像个哲学家兼预言家，"也许很快，你就会遇到一个你最爱的女生，然后你会发现，我说得一点儿也没错。"

"看来，你是和谁发生了一些什么事了，对吧？"

她并不直接作答，而是说："许弋，我相信不管有我没我，你的生活都会很精彩。"

"呵，"我摇摇头，"你是在取笑我吗？"

"我是真心话。"她平静地答。

"真的不想从头再来？"我问。

她看着我，缓缓地、坚决地摇头。

我终于心死，站起身来，把口袋里早就准备好的四千块钱掏出来放在桌上，然后离开。我知道四千块并没有还清我欠她的所有债务，但目前我只有这么多钱，如果情债一辈子都还不清，别的债还是算得越清楚越好。

她站起身来，想把钱还给我。

我丢下一句话仓皇而逃："余下的，我也会尽快还你。"

"许弋！"她喊我，我没有回头。走出咖啡屋的时候，里面正在放一首老掉牙的歌："每次走过这间咖啡屋，忍不住放慢了脚步，屋里再也不见你和我，美丽的往事已模糊……"

这一次，我居然没法忍住我的眼泪，满大街的霓虹在眼前变得模糊。我只是弄不明白，为什么每一次，我都要在失去很久之后才会懂得珍惜呢？我脚步摇晃着回到我的小屋，发现那个大一的女生在门口等我。我明知故问："你在这里做什么？"

"许帅，"她说，"我很想你。我有很多话想跟你说。"

"我很累了。"我说，"我要休息。你请回吧。"

她毫无道理地哭起来，眼泪噼里啪啦说掉就掉："请你别这样，我想我爱上你了，难道爱一个人有错吗？"

"你知道什么是真正的爱吗？"我问她。

她抬起泪眼，一脸茫然地看着我。

"爱是两个人的事。"我怀着一颗破碎的心现学现卖。

她站在那里，手软脚软的样子，我知道她内心的绝望和痛楚，这些我刚刚体会过，可谓是刻骨铭心没齿难忘。但就像小百合在她的博客题图上所写的一样："谁是谁的救世主呢？"谁也不是，在错位的情感里，我们只能各自为各自的那份痛楚买单，痛到极致，也不能埋怨旁人一分。

我拍拍她的肩，说了声："回去吧。"

然后我进屋，关上了门。

_03

　　我又过了一段浑浑噩噩的日子。因为父亲恢复了官职，可以常常给我汇钱，于是我连电脑公司的事情都推掉了。我开始留起了胡子，有时候逃课，白天睡觉，晚上去酒吧喝酒，跟一些女生胡说八道。我花钱的时候从来不考虑没钱的时候怎么办，所以，我常常陷入经济危机，这让我不得不重操旧业，比如替别人修修电脑、做做网站，或者是倒卖一些二手电脑什么的。很快我就发现，我在倒卖二手电脑这件事上有些天赋，我把别人几乎不能用的电脑低价收过来，变成能用的，再卖给别人。生意最好的时候，我一周卖掉了五台，可谓业绩喜人。

　　我的成绩很差，期末考试有好几门都是红灯。我从系里年轻的美女老师那儿把成绩单骗到手，没让她把它寄回家去。父亲打电话要我回家看看，我拒绝了，那个小城里有太多不堪的回忆，还是不要再去想起它了。他说来上海看我，最终因为工作的原因没能来。

他是如此有事业心的一个人，愈挫愈勇，就这点来说，我实在没法跟他相比。

暑假的第一个周末，就在我进入半梦半醒的最佳状态的时候，有人来敲门了。我想一定是房东，那个老太婆每次敲门都是这样疯狂而执着，不过我并不欠她的房租，并且暑假结束后，我就打算搬回学校去住。我理直气壮地把门拉开来，看到的是一个陌生的女人，穿了一件白色的大衣，很难看的那种白色，留着短发，看上去笨笨的。

"许帅！"她熟络地唤我。

"不在。"我很快把门关上。困极了的我对一个陌生的呆女人很难产生任何兴趣。

她又开始敲门。

我估计这样的女人是"不屈不挠不好惹"型的，于是我只好把门拉开："有什么事你说完了快走吧。"

"雅希姐请你去，她打不通你的电话，让我来跑一趟。"

"谁？"我说，"不认得。"

"你开玩笑吧。"她说，"难道你不记得见过我吗？"

我真想抽她！不过我还是笑眯眯地盯着她的脸蛋看。好像，有点，印象了。

她在我对她似曾相识的眼光里兴奋起来："嘿嘿，怎么样，想起来了吧，我是雅希姐的助手小凡啊。上次她来上海开演唱会，我们还一起吃过饭的呢！"

靠！蒋皎。

她怎么又来了！

"她在宾馆等你。"小凡说，"我喊了车来，就在巷口那边等着，我们快走吧。"

"不去，我要睡觉。"我干脆地说。

就在这时，我越过小凡的肩膀看到巷口那边有几个男生朝我这里走了过来，走在最前面的那个我认得，我曾经替他买过一台电脑，我那时候正缺钱花，看那小子呆头呆脑肯定不会玩电脑，就随便弄了一台糊弄他并大大地赚了一把差价。那台电脑的确是有些破了，我费尽了心思才把它整得看上去能用，结果电脑被那小子拿回家不久硬盘就整个牺牲了，别说打游戏，连字都打不了。这不，他天天吵着闹着非要退货，烦死了！

"快进来！"我一把把小凡拉进来，把门关上了。

"咋了？"她说，"你到底去还是不去？"

"你是说有车子在外面？"

"这里开不进来。"小凡说，"就停在路口呢。"

"那走吧。"我说，"我们走后门。"

我拉着小凡快速朝后门走去，就在这时，前门响起了急促的敲门声。小凡说："许帅，有人找你呢。"

"别理。"我拉着小凡，从后门迅速地溜掉了。我们跑到大路上，我认命地钻进那辆奥迪。上了车，小凡盯着我嘻嘻笑。

我问她："你笑什么？"

她说："你留了胡子，看上去怪怪的。"

我摸摸下巴："你的意思是不是说我现在看上去够男人？"

"我不能说。"小凡还是嘻嘻笑着，"要雅希姐说了才能算。"

就这样，车子一路开到了和平饭店。

"跟我来吧。"小凡说，"雅希姐喜欢这里，每次来都住这里，你还记得吗？"

我当然记得，那个圣诞节，我被蒋雅希同学灌醉了，带到这里来。哦不，我什么都不记得了，有些无关紧要的东西，记不记得都无所谓。

我们上了楼，小凡替我摁了门铃。

里面传出蒋皎的声音："进来吧，门开着。"

我推开门，小凡没有跟着我走进来。门在我的身后沉重地合上，我走到里面，看到站在窗台边的她。室内的温度很低，情景并不像我想象的那么暧昧，她穿了一套较薄的红色运动衫，头发束成高高的马尾，并没有化妆，转头冲我微笑。

我说了一句废话："你又来了？"

"许帅，"她说，"你换了手机卡？"

"是的。"我在椅子上坐下说，"没办法，老是欠费停机，只好做换卡一族。"

她嘻嘻地笑，从冰箱里拿了瓶饮料递给我："这些日子，你有没有想过我呢？"

"有时候在网上看到关于你的消息。"我避重就轻地答，"你知道我这个人，从不看电视也不看报纸的。"

"我问你有没有想过我呢？"算我倒霉，一天遇上两个"不屈不挠不好惹"型。

"有。"我说。

她靠近我一点点，看着我的眼睛，说了两个字："撒谎。"

我呵呵地笑起来。我是觉得好笑，她明明知道我是撒谎，还非要问那么愚蠢的问题，这不是自己跟自己过不去是什么呢！

"我知道你在想什么。"蒋皎说，"你一定在想，这个女人够蠢的，对不对？"

"言重了！"我把饮料放到茶几上，拍了一下手。

她呵呵地笑起来："许帅，我还想问你一个问题。"

"问。"

"你还记得初中时候的我吗？在你眼里，那时候的我，是不是比现在还要蠢呢？"

"这个……"我想了一下后回答她，"这个还真不好说。"

"其实说起来，你算是我的初恋，对不对？"

"对。"我在心里对此表示强烈反对，却好脾气地看着她的眼睛说，"后来我们分手，你爱上了别的男人。"

"你知道为什么吗？其实我一直都想告诉你为什么，只可惜圣诞节那个晚上，你喝得烂醉如泥。"

"你今天找我来，就是为了跟我说这个？"

"当然不。"蒋皎看着我，娇媚地说，"我想你了。我们这么久不见，难道你不想抱抱我吗？"

我坐在那里没动。

蒋皎就笑起来："你知道吗？你最大的毛病就是一直都这么规规矩矩，读书的时候，明明对我有想法，却连跟我牵手都不敢。"

"所以你后来才会爱上一流氓？"

"不不不，别再提他，"蒋皎坚决地说，"我早就不爱他了，从我自己变成一个流氓那天起。"她说完，哈哈大笑起来，一面说一面从运动服的上衣口袋里掏出一包香烟，点燃一根，抽起来。

我拉了拉她的运动服："你怎么穿成这样？你应该穿睡衣。"

她拂开我的手纵声大笑，自己的手指却暧昧地碰到我脸上来，用一种试图迷死我的唱歌般的语气夸我："许帅你知道吗，你就是扮流氓，那也是个贵族流氓。"

我不说话，用扮酷来接受她的吹捧。

蒋皎说："我明晚有演出，运动服可以让我显得精神些。"

"怎么你觉得你不够精神吗？"

她又靠近我一点，让我看她的黑眼圈："你看仔细些，我四十八小时没睡。"

"那你就睡吧。"我说。

"我要你陪我。"她的手臂缠上来。

"你刚说了，我变不了流氓。"我说。

"你放心，这只是交易。"蒋皎说，"无须付出感情。你是唯一一个值得我去交易的男人，明白吗？"

"交易什么？"我问她。

"快乐。"她说，"以我的快乐，去交易你的快乐。何况，我们又不是第一次，对不对？"

"蒋皎。"我试图推开她。

"叫我雅希。"她并不放开我。

我的脑子里很混乱，我别开头去，她却用力扳正我的脑袋，一字一句地说："许帅，我不要你成为流氓，你是属于上流社会的，我知道你不甘心过现在的生活，我可以帮你，相信我。"

"你会后悔的。"我说。

"后悔了再说吧。"她低语。我抱紧了她柔软的身子，我十四岁时臆想中的初恋情人，如今的玉女歌手新掌门人，蒋雅希。

我发誓，我不爱她。

一点儿也不。

_ 04

夜里十二点半的时候，我在和平饭店那张宽大的床上醒来。

只有我一个人。房间里很静，只有中央空调发出轻微的响声。

我坐起来，扭亮台灯，打餐厅的电话要了一碗红烧牛肉面。从昨天下午来这里，我已经昏睡超过了三十个小时，饭菜都是叫到房间里来的，我吃完就睡，睡完就吃，努力向一头没有心事的猪靠拢。这期间蒋皎在忙她的彩排和演出，中途回来过一次，靠在我身上不知道睡了多久，又被电话叫走。当明星原来是这么辛苦的事，我在床上伸长了胳膊伸长了腿，怀着一种幸灾乐祸的心情享受着我一个人这难得的睡眠假期，心情谈不上好坏。

现在，我好像真的睡够了。我靠在床上，四处张望，想找到一包香烟什么的。蒋皎就在这时候开门进来。她铁青着一张化了浓妆的脸，把大衣脱掉，里面居然还是演出服，上面亮闪闪的小东西刺得我眼睛发胀。她的手机在响，不过她没接，而是气愤地关掉了。

然后，她走到床边，抱住我哇哇大哭起来。

我不明所以地拍着她的背。

"我想连夜回北京。"她说，"我不喜欢上海，我恨透了上海！"

"怎么了？"我说，"演出不顺利吗？"

她不肯说话，就是呜呜地哭，眼泪弄得我衣服都湿了。

"算了。"我只好象征性地哄她，"不开心的事情不要去想它了。"

"许帅，"她靠着我，"你陪我回北京玩几天好不好？我在北京有房子，我们就关在里面Happy，哪里也不去！"

我说："我哪能跟你比，我在上海要干活谋生的。"

"求你了。"她说，"钱不是问题，而且我保证，你会玩得开心。那种与世隔绝没有压力的生活，难道你不向往吗？"

我在心里跟自己做着挣扎。

"求你了。"她眼泪汪汪的样子看上去楚楚动人。

"好吧。"我妥协，"不过要走也得明天走啊，现在我们继续睡。"

"你这么睡怎么还睡不够！"她含着眼泪生气地来捏我的脸，"起来，我们出去吃夜宵，泡酒吧。"

"算了吧，我可不想被记者们围攻或是被你的粉丝们扁死。"

不知道我的话到底刺激了她的哪根神经，蒋皎的脸又变得铁青了。她站起身来，到房间吧台那里，给自己泡了一杯很浓的咖啡。然后她坐到窗台那里去喝咖啡，一面喝，又一面抽起烟来。

我把她的烟从她的手指间拿走，放到我自己的唇边，猛吸了一口。

"许帅。"蒋皎说，"你替我算一算，我到底可以红几年？"

"想这些干什么呢？"我说，"能红几年红几年，能赚多少赚多少，快活一天算一天，你说是不是？"

她眯起眼睛来看我，然后说了一句让我极度不开心的话。她说："你知道吗？你说话这个调调，真是像极了某人。"

"那你就坐在这里好好怀念某人吧。"我从沙发上拿起我的外套，在她还没有反应过来的时候，我已经拉开了房间的门。

"许帅你做什么去？"蒋皎追上来，想拉住我。

门外站着的是端着一碗牛肉面一脸惊讶的服务生。蒋皎把手迅速地收了回去。

"再见，雅希小姐。"我优雅地说完，朝她点头微笑一下，拿着我的大衣快步离开。

七月的夜上海，灯红酒绿。我在路上走了好久，看到一家二十四小时营业的永和豆浆，我已经饿得有些不行了，于是推门走了进去。就在我喝完两碗热豆浆，吃完一碗馄饨、一碗牛肉面、六个锅贴的时候，我的电话响了。

是小凡。

她说："许帅我求你快回来吧，雅希姐出事了。"

我打着饱嗝懒洋洋地问："出啥事了？"

小凡带着哭腔："她穿着很薄的衣服站在窗口，一动也不动，窗户也开着，不知道她想干什么，我吓死了！"

"她要干吗？"我说，"不会是想跳楼吧。"

"许帅!"小凡急了,"你怎么这样见死不救啊。"

"对不起,力所不能及。"我说完,就把电话给挂了。

挂了想想还不行,对了,再学蒋皎,关机。

一切搞定!

我当然不相信她会跳,像她那样的女人,雄心勃勃,日日想着如何更上一层楼。对她而言,精彩的人生永远都才刚刚开始,怎么会舍得去死。

说出来鬼都不信。

用这招威胁我,门都没有。

吃饱睡足的我站在夜上海的霓虹灯下,思忖着应该到哪里去Happy。其实我一直都是一个不甘寂寞的人,这是我最致命的弱点,因为寂寞会让我心慌,让我觉得自己一无是处。好在思考很快就结束了,我拦手招了一辆出租车,去往我学校附近的那间酒吧。那间酒吧氛围不够,我已经好长时间不去了,但我曾经在那里打过一阵子工,和那里的人都熟,熟到喝啤酒不用花钱的地步,何乐而不为?

出租车在酒吧门口停了下来,我拿出口袋里最后五十块钱付车费,他找了我二十四块钱。我推门进了酒吧,里面果然有很多熟人,我"嗨嗨嗨"一个一个地和他们打着招呼。然后我在吧台坐下来,冲着那个美丽的小妞说:"亲爱的,酒。"

她冲我微笑,埋怨地说:"许帅你好久不来。"小妞叫小绿,以前我们常在一起玩,有点革命情谊。不过她有男朋友,我们之间的关系也就止于调调情,没动过真格的。

"想我了？"我问她。

"有点。"她把酒递给我。

"哪里最想？"

她白我一眼，不回答。

"晚上请你吃宵夜。"我说。

"好啊。"她说，"下班后我们去蹦迪。"

"那算了吧。"我摇头，"饶了我这把老骨头。"

"那你想做什么？"

"你猜。"

我和小绿调情正到酣处的时候，扫兴的事情发生了。有人从我背后一把拎起了我的衣服领子，大喝一声："臭小子，这回被我逮到了吧！"

我甩开他，发现我和他并不认识。一个大胡子，小眼睛贼亮，看上去像只狼。"谁呀？"我说，"公共场合动手动脚，素质这么低！"

"你弄来的破电脑骗了罗小钢不少银子，这么快就忘了？"

靠！阴魂不散。

我把衣服理好，在吧台边的高脚凳上坐下来："行啦，别闹了，把电脑拿过来，我负责替你修好就是。"

他在我旁边的椅子上坐下来："我告诉你，罗小钢是我的表弟，这口气我替他出定了。没什么好说的，你把钱还回来，破电脑我还给你。"

"敢问兄台贵姓？"我说。

"你很快就会认识我。"他说，"并且我保证，你会对我终生难忘。"

吧台里的小绿直朝我使眼色，示意我闭嘴。

"呵呵。"我并不怕他的威胁，"那敢情好。我还真怕我到老了那一天谁都不记得。"

他冷冷地看了我一眼，打了一个响指。我开始感觉到有些大事不妙。

"李哥。"小绿从吧台里走出来，替我求情说，"许帅跟我们这里的人很熟的，你卖老板一个面子，有什么事好好说。"

"面子？"那个被唤作李哥的人慢条斯理地说，"我想问问，罗小钢的面子谁来给呢？"他一面说一面从口袋里掏出一把弹簧刀来，"噌"地一下插在了桌上，离我拿着酒杯的手只差两毫米。

我吓出一身冷汗，强作镇定，大脑却激烈思考着可以脱身的办法。

小绿一面朝我眨眼睛，一边推推我，劝我说："许帅，要不你就把电脑拿回来，把钱还给李哥。你看呢？"

"好！"我说，"好主意！"

"和平解决！"小绿手一拍，高兴地说，"行了，李哥，许帅答应了，大家回去喝酒哦，没事啦！"

那个姓李的人低声吩咐他身边一个小子："去，把罗小钢叫过来。"然后，他继续在我身边的椅子上坐着，对我说，"早说还钱不就得了，非逼我动粗。"

"明天你让罗小钢来拿，我现在身上没现金。"万般无奈，我只好动用最低级的缓兵之计。

"哈哈。"他笑起来，"我们可以喝酒，喝到天亮，然后我亲自陪你去银行取钱。"

罗小钢很快就屁颠屁颠地赶来了，手里抱着那台让我看了就想闭气的电脑。他把电脑举到吧台上，像举着块墓碑般庄重。看他那呆样，我真想在他脸上狠狠地抽一巴掌，早知道他有一个狼一样的表哥，这钱我他妈死也不会赚他的。

"说吧，多少钱买的？"他表哥问他。

"三千。"罗小钢说。

"用了多久坏的？"

"三天。"

"你他妈大声点行不行？"

"三天！"罗小钢吼起来，脖子上青筋直冒。

"听到了？"姓李的转过头问我。

我摸摸耳朵："我听力还行，用不着下这狠劲，费嗓子。"

"电脑钱加精神损失费，五千。"姓李的这回把声音放得低低的，像是耳语一样，"听到了？"

TNND！比我还狠。

"我问你听到了没有？"他又大吼起来，可怜我的耳朵。

"听到了听到了。"小绿替我回答，又替我求情说，"李哥，五千块有点儿多了，您大人大量，少一点行不？"

那个浑蛋伸出手在小绿脸上摸了一把，拖长了声音说："行，看在你这么漂亮的分上，减二十块。不过有条件的，你得陪我爽一个晚上！"

我一拳头打在了姓李的脸上。

没办法，冲动也是我致命的弱点之一。

接下来的事情可想而知，我跟他打了起来。反正打架这种事情对我而言早就轻车熟路。我打架的原则很简单，不要命。我的经验是，只要你本着这个原则，基本上可以做到所向披靡。姓李的很快就被我压倒在地上，我操起柜台上一个玻璃杯子，对着他的头毫不犹豫地砸了下去，他的头上开始流血，我站起身来，开始寻找下一个可以扁他的物品，小绿哭喊着拖我："别打了，许帅，别打了！"

"一边去！"我甩开她，那时候的我已经急红了眼，谁也管不住。

很幸运，我抽到了一根放在柜台边上的铁棍子。我当时很兴奋，想象着怎么用这根铁棍子打得那家伙跪地求饶，只可惜那时候我没有看见，姓李的已经从地上摇摇晃晃地站了起来，他抽出了他的刀，朝我扑来。

他冲得迅速，我来不及闪躲，当时脑子里唯一的念头是，完了！

三秒钟后我反应过来，我没事。

替我挡住那把弹簧刀的人，是小绿。

刀深深地插入她左边的胸膛。她美丽的蓝色工作服的花边慢慢慢慢地变成了红色。然后，她在我声嘶力竭的叫喊声里轻轻巧巧地倒入了我的怀中。

眼见出了大事，姓李的愣了一下，夺门而逃。

"小绿，小绿……"我搂着怀中的女孩，反复唤她的名字。

她居然朝我微笑，然后口齿清楚地说："许帅，你没事，就好。"

说完，她晕了过去。

_05

天亮了。

我讨厌天亮。我讨厌医院。

但是，天总要亮，而医院，也是一个我不得不常常来的鬼地方。

小绿的男朋友抓着头发，一句话也不说。他们都是从安徽农村来上海打工的，小绿在这家酒吧做服务员，他在一个饭店做厨师。我吃过他烧的菜，差强人意。不过他人真不错，对小绿好得没话讲，晚上的事他并不知晓来龙去脉，我也不打算将详情告诉他。

然而，小绿失血过多，需要手术。手术就意味着钱，很多很多的钱。

更重要的是，小绿的男朋友告诉我，小绿的母亲也正在上海治病，就住在这所医院。他们的钱已经用光了，真是祸不单行山穷水尽。

"行了。"我对小绿的男朋友说，"我去想办法，你在这里等我。"

我用我口袋里最后的二十六块钱打车到了和平饭店。早上七点不到,这座古老的饭店在晨曦中散发着让你不敢小瞧的贵族气息。我先看到那辆奥迪,然后看到小凡拖着笨重的行李出来,后面跟着的人是蒋皎。她戴了帽子、墨镜,见到我,惊讶地停下了脚步。

"许帅!"小凡放下行李,夸张地喊,"你怎么在这里,难道在这里站了一夜?"

我不说话。

蒋皎走过来,站在我面前,她的墨镜没有拿下来,我看不清她的眼睛,不知道她在想些什么。

小凡知趣地让开了。

"要走了吗?"我问。

"是。"她说。

"我想请你帮个忙。"我说。

"说吧。"

我有些艰难地说:"借我点钱。"

"多少?"

"一万。"

她并不显得惊讶:"坐车里去吧,我还有话跟你说。"

我和她一起坐进了奥迪车的后座。她招手让小凡过来,低声对她说:"拿一万块钱现金给我。"小凡从手提袋里掏出一万块钱,递到蒋皎的手里。

蒋皎对小凡和司机说:"你们先到酒店大堂等我,我有点事情要谈。"

等他们都走了，蒋皎拉过我的手，把一万块钱放到我手里。

"谢谢你。"我是由衷的，因为她甚至都不问我借钱来做些什么。

"不是白拿的。"蒋皎说。

"好吧。"我早就有心理准备，"你讲条件。"

蒋皎轻轻地笑了一下："许公子的记性未免也太差了点吧。"

"说吧。"我说。

"陪我去北京玩几天，这笔钱我不问你用来做什么，你也不必还了。"

"那成什么了？"我说。

"想成什么，就成什么！"她终于把墨镜取了，看着我说，"答应不答应，随便你。"她居然画了绿色的眼影，看得我非常不爽。

这个老狐狸一般的女人！

我微笑着说："答应。不过，你得先送我去别的地方一趟。"

"没问题。"她说，"如果误了飞机，我们可以坐下一班，只要许帅愿意，什么都好商量。"

到了医院门口，我打电话让小绿的男朋友出来，把一万块钱塞到他手里，让他好好照顾小绿，有什么事情随时给我发短信，因为我有事要离开上海几天。

"你去哪里？"他问我。

"不知道。"我说。

我的答案肯定让他觉得奇怪。于是他很奇怪地看了我一眼，

"哦"了一声，拿着钱急匆匆地跑进医院里面。很快，他又跑回来，压低了声音对我说："你走是对的，小绿让我跟你说，那帮人不是好惹的，让你在外面躲一躲。我们也不打算告了，等出院后，就回老家去。"

我呼出一口气，拍拍他："替我谢谢小绿。"

"没事。"他无奈地摇摇头说，"是祸躲不过。"

我极度郁闷地回到奥迪车上。蒋皎把头靠过来，靠在我的肩上。我承受着这不甘不愿的重量，在车子开往浦东机场的路上睡着了。那是一次相当短暂的睡眠，我梦到一只猫，那只猫巨大无比，全身长满了雪白的毛，瞪着大而圆的眼睛看着我，一下子就把我给吓醒了。我睁开眼睛就看到蒋皎，她正看着我，眼睛像极了梦里的那只猫，轻声对我说："许帅，你的身份证呢？待会儿到了机场，要用来买机票。"

不知道为何，我身上的冷汗没出息地蹭蹭直冒。

"没带。"我如释重负地说。

"那你放哪儿了？"她的语气依然温柔，"没关系，我们去拿就是。"

"哦。"我把手伸向口袋，那里有个薄薄的钱包，我认命地把身份证从里面拿出来，交给蒋皎，"我想起来了，它在我身上来着。"

蒋皎笑着接过它，把它递给了前座的小凡。

那个动作对我而言仿佛是种不祥的预兆，我交出那张彩色的卡片，随之交出去的是不是还有一些别的什么，比如自尊、自信、自爱……它们从我的个性里被活生生地抽离，然后像多米诺骨牌一样挨个迅疾倒塌，无可挽救的悲凉。

　　飞往北京的飞机是中午十一点五十五分起飞。头等舱里，只有我和蒋皎两个人，小凡去了经济舱。以前每年暑假，爸妈都会带我出去旅行，飞机我坐过不少次，但头等舱是第一次。空姐的笑容像糖一样甜，送完饮料送蛋糕，忙得一下也不歇。也许是累了，蒋皎一上飞机就闭上眼休息，我顺手拿起当天的报纸，娱乐版的头版头条："蒋雅希人气不敌新人夏米米，香港身份遭质疑，泪洒上海记者会。"旁边还配有一张蒋皎掩面哭泣的照片。

　　我看了看蒋皎，她依然闭着眼睛。

　　我把报纸悄悄地合了起来。

　　蒋皎忽然睁开眼，按铃叫来了空姐，用一种很凶的口气命令道："给我把今天的报纸全部收起来！我一张也不要看到！"

　　漂亮的空姐显然早就认出了她，微笑着点头："好的，蒋小姐。"然后，她利落地收走了摆在我们面前的所有报纸。

　　蒋皎用手按住太阳穴，对我说："我头痛。"

　　"那就休息吧。"我说，"停止思想。"

　　她从随身携带的LV小包里拿出一瓶药来，倒出几颗黄色的药粒，小小的。她就着可乐吞下了它们。

　　"是什么？"我问她。

　　她笑了一下，没说话，很快就睡着了。

　　我翻了一会儿杂志，也睡着了。我又梦到了那只猫，硕大无比，雪白的毛，不怀好意地看着我。我抬起脚，毫不犹豫地一脚踢飞了它。它凄厉地叫着，在空中翻滚。雪疯狂地下起来，将它淹没。它埋入雪地，不见了。我刚松口气，雪地里却慢慢渗出殷红的血来，如鬼魅一样挥之不去。

"小绿！"我想喊，喉咙里却出不了声音。我没法忘记那个女孩胸口插着刀的样子，那个看上去跟我好像毫无关系的女孩，她竟然会在那一瞬间做出那样的选择。我的一生，注定这样负债累累。

那只可恶的猫从此占领我的梦。很久以后，我的心理医生建议我："远离一种你不愿意的生活，猫就会离开你，你试试。"

我一点儿也不相信心理医生所说的话，事实上，当我高兴的时候，我可以做任何人的心理医生。但我还是依赖她，至少，她听我说话的时候让我觉得轻松。不管我说什么，她一向都用那么真诚的眼光看着我。

她让我安定。

当然，这些都是后来的事。人生一场戏接着一场戏，只要上了台，在戏没演完之前，谁都别想下台。否则，你必将为此付出惨重的代价。

不信？你可以试试。

06

北京的夏天。

我算是第一次明白小学语文书上常出现的一句话：天空万里
无云。

蒋皎的家很大，单门独户的别墅，楼上楼下三层，好像从来都
没有人住过一样。我们回去的那天钟点工没有上班，晚上六点，小
凡给我买好了所有的生活用品，并让附近的饭店送来了饭菜。回到
北京，蒋皎的心情好像好了许多，她开了一瓶红酒，说要跟我一醉
方休。

小凡对蒋皎说："雅希姐，我就不陪你和许帅吃饭了，我要回
家收拾收拾，明天早上十点我来接你去录歌。"

"十点？"蒋皎叫起来，"你难道不知道我那时候在睡觉吗！"

"一首广告歌，半个月前就跟人家约好的。"小凡说，"你下
午晚上都有安排，所以才排在上午的，你忘了吗？"

"你到底会不会做事！"蒋皎气呼呼地把酒瓶顿到桌上，"笨得像头猪，我看你趁早滚蛋！"

小凡忍着，不吱声。

"你快去吧。"我推她出门，"放心，明早我替你喊她起床。"

小凡感激地看了我一眼，走了。

我把门关上，转身走到蒋皎身边，劝她说："何必呢，怄气伤神，我们早点吃饭、睡觉。早睡早起身体好，又不误工作，两全其美。"

她拿一双媚眼看着我："你是不是觉得我脾气特别坏？"

"呵呵。"我干笑。

"都是现实逼的。"蒋皎说，"你不知道那死丫头，肯定是瞒着我谈恋爱了。还撒谎，说什么要回家收拾收拾，当我是白痴，哼！"

我在椅子上坐下来："男大当婚，女大当嫁，有你这么霸道的老板吗？"

"我跟她有合约的，跟我三年，三年不许谈恋爱。你问问她，我认识她的时候她都在做什么，是我改变了她的命运，你知道不？"

"知道。"我说，"你现在不正在改变我的命运嘛。"

"许帅，你乱讲！"她趴到我肩上来，"你跟那些人怎么会一样。"

"哪里不一样？"我问。

"我们是一个世界里的人。"蒋皎说，"你别看我不顺眼。其实，我们是一样的，都有不安分的灵魂，不会安于现状，没法过普通人的生活，所以注定要折腾。"

说完，她哈哈笑起来。

"蒋皎。"我说，"你是明星，愿意巴结你的人很多，为什么你一定要找我？"

"因为你是许帅。"她说，"当年全天中女生可望而不可即的王子。"

"哈哈！"

"我爱你。"她俯身过来，抱住我说，"我说我爱你，你一定要相信。"

我当然不信，但是我并不在乎原因，如果这些从头到尾只是一场游戏，玩玩也没什么，输的未必是我。

去年的圣诞夜，我们都喝得太多，所以不够清醒，才会有那场该死的序幕。谁会料到断了的戏又敲锣打鼓地开场，只好演下去。

不幸的是那天晚上，我们又喝多了。一瓶红酒不够，我们又开了另一瓶。后来，她不知道从哪里摸出一瓶五粮液，于是我们继续喝。蒋皎喝醉了就开始唱歌，是她的代表曲目："十八岁的那一年，我见过一颗流星，它悄悄地对我说，在感情的世界没有永远……"

说实话，这歌不错，我也跟着她唱了一会儿。唱歌不是我的长项，她笑我走调，手掌吧嗒吧嗒地敲到我的背上，我则拿起桌上的大水杯来敲她的头。她没躲得过，摸了摸自己的头，然后回转身来，紧紧地抱住我说："许帅，我痛。"

我口齿不清地说："哪……哪里痛？吃药嘛！"

她仰起头来吻我。

我闭上眼，天花板上的灯在我的眼前消失，心聋目盲的欢娱只是一剂短暂的止痛药，但也许我跟她一样需要。

凌晨三四点的时候，我们歪在客厅的沙发上各自睡着了。那只猫又来到我的梦里，我不再像以往那样怕它，更何况这一次它不叫，只是温柔地看着我，让我心碎。

早上九点半，小凡按门铃让我脱离那没完没了的梦魇，我支撑着身体起来开了门，然后倒在沙发上继续睡。小凡站在蒋皎的边上，轻声喊她："雅希姐，雅希姐，快起来，不然要迟到了。"

蒋皎根本就没有要醒的迹象。

小凡把地上的酒瓶和酒杯收拾好，把餐桌上的残羹也收拾掉，再回到沙发那里继续喊："雅希姐，快起来吧，再不起来真赶不上了。"

蒋皎从沙发上跳起来，挥手就给小凡一耳光："给我闭嘴！"

小凡捂着脸退后，眼泪从指尖滑过，掉到地板上。

我以为蒋皎会继续睡，谁知道她爬起来，噔噔噔地上楼梳洗打扮去了。小凡则蹲到地上，双臂抱着自己，嘤嘤地哭起来。

我走过去，在她身边蹲下。

"好了。"我说，"改天我替你打她。"

不安慰还好，一安慰，小凡的哭声越发大起来。

蒋皎在楼上喊："我的那件绿色的大衣呢？"

主子到底是主子，小凡赶紧抹干眼泪，站起身，跑上楼替她找大衣去了。

走的时候，蒋皎站在门边对我说："许公子，别客气，就把这里当自己的家好生待着，想吃什么想要什么给我打电话，我工作完了立刻回来陪你哦。"

说完，她微笑着，食指放到唇边，送过来一个飞吻，然后仪态万万地离开。

确定她走远以后，我把茶几上的烟灰缸砸到了对面雪白的墙上。

我看着墙上那块斑痕恶狠狠地想："我的房子，还不是我想咋整就咋整，谁敢管我我就灭了谁！"

我在蒋皎家睡了差不多整整一天。晚上六点的时候，小凡来了，拎着几大包新衣服，说是蒋皎替我买的。

"行了。"我说，"放那里吧。"

"雅希姐要你换上，她等你去吃饭。"

我骂道："她奶奶的。"

小凡笑。

我凶她："笑什么？！"

她还是笑，看得出根本就不怕我。

不过我还是换上了衣服，因为那是我喜欢的阿玛尼。我喜欢新衣服，从不抗拒任何品牌，只有没钱没品位的人才会跟品牌过不去。我从卫生间里走出来，小凡呆呆地看着我说："许帅，你像是从电影里走出来的。"

千穿万穿，马屁不穿。我点头微笑以示接纳她的好意。

蒋皎请我去的，是一家很豪华的西餐厅，价格狂贵。我进去没多久遇到几个脸熟的明星从我旁边走过。我在蒋皎对面坐下，她欣赏地看着我说："我就知道你穿着它会好看！"

我有些开玩笑地问她："你在公共场合约会男士，不怕被记者拍照片吗？"

"我倒想呢！"蒋皎说，"要是我走到哪儿，记者就拍到哪儿，我这一辈子就值了。"

"那你就闹点绯闻呗。"我说，"这招准好使。"

"跟谁？奥巴马？许帅你别逗了。命好才有绯闻，你知道不？"

靠！

"你睡得还好？"她问我。

"还行。"

"你会爱上北京。"蒋皎说，"你知道吗，北京是我最恨的地方，可我偏偏就是离不开它。"

"你喜欢这里？"我问她。

"还行。"她说，"尊贵的客人来了我才在这里请客。"

我也许是睡足了，心情不错，看着她也不觉得那么讨厌。她在我的眼神里变得妩媚起来，问我："看我干吗呢？"

"哦，不许看？"我转开眼光，装作看别的地方。然后我就看到了张漾，他正在另一桌服务，面对两个外国佬，整齐的制服，干净利落的笑容，看他的唇形，肯定是在说英语。

那一刻我疑心蒋皎是专门带我到这里来的。但于情于理，我肯定都不能表现出惊慌或者是愤怒。我尽量不动声色地回过头，侍者正好把牛排送上来，于是我专心吃起我的牛排来。牛排味道是不错，餐厅里若有若无的音乐也是我喜欢的。蒋皎却显得心不在焉，一开始埋怨小凡订的座位不好，后来又说沙拉的味道不对，莫名其妙地把服务生给说了一通。我好心提醒她："嗨嗨，注意形象。"

她破罐子破摔地说："形象丢在上海了，没带回来。"

我笑。

她问我："你笑什么？"

"笑你。"我说。

"难道我很好笑吗？"

"很好笑谈不上。"我说，"有点。"

"你神经。"她骂我。

我的面子再也挂不住："你有这么多的钱，为什么不专点他为你服务？"

"许帅。"蒋皎脸色大变，"我警告你，你不要得寸进尺。"

"我连寸一起还你。"我把盘子往前一推，站起身来就往外走。

她坐在那里不动，背挺得直直的，一口气看来暂时是没法咽下去，这个不可理喻的女人！我推开餐厅门走出去，走到门边的时候，我跟他擦肩而过。他冲我微笑。我停下脚步喊他："张漾。"

他的口吻无可挑剔："您慢走，欢迎下次光临。"

我的心里忽然涌起前尘旧事，无限凄凉。不知道为什么，这个我从小就打心眼里瞧不起的人，却忽然让我感觉有些抬不起头来。

我朝他摆摆手走出了餐厅。

蒋皎的司机把车开到我面前来，我装作没看见，准备直接打车去机场，这荒唐的一切，还是越早结束越好。就在这时，蒋皎从餐厅里面跟了出来，红色的披肩挡住了她大半边的脸。她走得非常快，像箭一样地冲到我面前，双手拉住我的大衣，用恳求的语气说："许弋，你别走。"

她很少叫我许弋。

她不知道是冷还是什么，身子一直在发抖，双手抓着我的衣服不放。我可不想上娱乐报的头版头条，赶紧推开她上了车。她也紧跟着上来了，坐在我旁边，头靠到我的怀里来。我的手臂被动地抱着她，心烦意乱。

"我知道错了。"她说。

噢，我都不知道她错在哪里。

她猛地离开了我的身子，坐直了，从包里拿出一瓶药，倒出一大把往嘴里塞。我吃惊地问她："你干吗？吃这么多药？"

"我不舒服。"她说。

"你神经！"我骂她，骂完后，我拿起她的药瓶，把车窗打开，当机立断地扔了出去。

"你别丢下我。"她低声下气地说。

"你他妈再废话我就立马跳车！"这种女人，想不跟她流氓都不行！

她终于噤声。

"许帅，你能不能学得稍微稳重点？"那晚，蒋皎趴在我的身上轻声问我。

我问她："什么叫稳重？"

她说："你读书的时候语文成绩可老拿班上第一名。"

"好汉不提当年勇。"

她咯咯地笑起来："我还记得你那时候被人追，就差躲到男厕所里去。那个技校的女生，叫什么吧啦的……"

"行了！"我打断她。

她意味深长地笑了一下，慢悠悠地问道："是不敢提呢，还是不想提？"

"以后不许再去那家西餐厅。"我说。

"为啥？"她跟我装傻。

"你别侮辱我的智商。"我的脸色沉下去，"我的脑子还能思考。"

她还算乖巧，及时换了话题："有时候觉得，时间过得真他妈快，那时候我们肯定想不到，今天的我们是这个样子的，你说对不对？"

倒也是。

那时的我是个满怀豪情的好少年，理想一抓一大把，怎会想到会有今时今日的沦落。蒋皎忽然问起我一个巨深沉的问题，她说："许帅，你说人活着到底是为什么？"

"受罪。"我说。

她哈哈地笑起来："记住，要让别人受罪，这才叫本事。"

我用劲捏住她的胳膊，她哇哇大叫起来，等她脸色都青了我才放开她，轻松地说："多谢赐教。我明白了。"

蒋皎看着我，哭也不是，笑也不是，只好嘟着嘴撒娇地看着我。老实说，她算得上是个美女，我还记得她穿着蓝色校服，扎着小辫，坐在课桌前奋笔疾书的样子。如果十八岁那一年，我跟她恋爱，一起看流星许愿，我们未必没有一个好的结局。

但现在，她是她，我是我，我们就算是面对面，也永远住在两个不同的世界里。

07

第一次见到夏米米，是在一次自助晚餐会上。

那是一次圈内人小型的聚会，蒋皎不知从哪里给我弄来了一张请柬，上面还堂而皇之地写上了我的大名：许弋。于是我就堂而皇之地跟着她混了进去。

其实我在短短时间里已经在他们圈内小有名气，蒋皎的钱很好地包装了我，加上一些小报记者的大力配合，我差不多就成了传说中某个富豪的公子，整天啥事儿也不干，一颗痴心吊在蒋美女的身上。

我在网上看到这条新闻的时候差点笑得背过气去。蒋皎咬着一个苹果，装作胆怯地说："许帅，你不会生气吧，你也知道现在这些记者的素质……"

"得了吧。"我打断她，"你在我面前装有意思吗？"

"你说什么？"她瞪着眼继续作不明白状。

我伸出手："烟的伺候！"

她乖乖递上烟，替我点上。

我只祈祷我远在家乡的父亲不要看到这么一条新闻，他的事业刚刚重新起步，春风得意，受此打击，不知道会不会半路吐血。

我不是没想过离开北京，但在蒋皎的挽留下一拖再拖，而且比较要命的是，我发现我竟然喜欢上了出入那些高档的场所和那些毫无意义的 Party。这种假象的繁华我一时半会儿还没厌倦，甚至有些上瘾。那天也是这样一场酒会，有真正的富豪请客，去的都是娱乐圈的一些歌手和音乐人，但我和蒋皎进去后没多久就因为一件小事开始吵架。那件事情真的很小，就是小凡当时去了洗手间，而我呢，不太愿意在她应酬的时候替她看着她美丽的 LV 包包。

她咬牙切齿地说："你能不能有点绅士风度？"

我哼哼："我他妈又不是你的跟班，凭啥要替你拎包？"

她压低声音纠正我："不是拎，是让你替我看着。"

"一边去，不看！"

我们僵持着，有人过来招呼她，她用刀一样的眼神唰唰唰地看了我两秒钟，拎着她的包跟那人走开了。

我转头就看到了夏米米，她短发，不施粉黛，穿条简单的裙子，吃蛋糕的时候还舔手指，神情和一个孩童无异。我很少听流行歌曲，所以那时候的我并不知道，夏米米就是那个传说中的夏米米。她和电视上广告上完全不同，简直就是两个人。我当时以为，她是跟着某某某进来混饭吃的小娃娃。在我看着她的时候，她也正好看着我，我们对视了好长时间，谁也没有认输先移开目光。她忽然对着我，调皮地伸了一下舌头，神情可爱至极。

我当时就来了精神。

直到她的经纪人走过来，挡住了我们的视线。

过了一会儿，我端了一杯红酒走到她对面坐下，她的经纪人充满警惕地看着我，于是我只好故作沉默看着窗外。好不容易等到她的经纪人起身去拿吃的，我终于可以跟她搭讪："吃这么多甜食，你不怕胖吗？"

她抬眼看我，清脆的声音："你是谁？"

"许弋。"我说。

"我见过你。"她说。

我吓老大一跳，手里的酒杯差点掉桌上，连忙问："在哪里见过？"

"刚才，跟你比眼力的时候！"

"哈哈。"我笑。

"其实我还看到你跟美女吵架。"她转转眼珠。

"你应该去当私家侦探。"我说。

"你不认得我吗？"她忽然问。

我挺了挺身子，敏捷地答道："是的，请问小姐贵姓？"

"你是从外星球来的吗？"她不明白的样子。

"嗯，火星。"我配合她。

"你有车吗？"她没头没脑地问。

我想了一下说："有。"

"那我们走吧。"她站起身来，压低声音对我说，"一会儿我去洗手间那边，你跟着我来，我带你去参观地球。"说完，她站起身来，拿起她的小背包，往洗手间那边走去了。事情好像发展得太快了一些，我有些丈二和尚摸不着头脑，但我还是按照她说的去做了。老实说，我天生就是个不靠谱的人，喜欢去做一些不靠谱的事，这种事情符合我擅长冒险的天性。我把酒杯往桌上一放，尾随夏米米而去。

我到了卫生间的门口，五星级的酒店里狭长的过道上铺着红色的地毯。我正好遇到小凡，于是拦住她说："打个电话给司机，让他在门口等我，我想去买包烟。"

"我替你去吧。"小凡说，"酒店大堂应该就有卖。"

"我跟蒋皎吵架了。"我说，"我想出去透透气。"

小凡无奈地看着我："你不是又想去机场吧？"

"所以你让司机跟着比较放心啊。"我说。

"好吧。"小凡说，"你快点回来，不然我对付不了雅希姐。"

我刚把小凡打发走，夏米米就从卫生间里闪出来，朝我做了一个手势，带着我朝另一个方向走去。我们转了好几个弯，到达了另一个隐秘的电梯。她伸出纤细的手指，飞快地按了下。电梯爬上二十九楼需要一些时间，我站在她的身后，看着她的后脑勺，思考着该跟她说些什么。她忽然转头问我："你的车在哪里？地下室，还是酒店外面的停车场？"

"放心吧，我已经让司机在门口等了。"

"怎么你不会开车吗？"她用嘲笑的口吻问我。

"我不需要自己开车。"我对答如流，"养司机就得给他活儿干。"

"哦。"她说，"看来你是花花公子。"

我无视她的讥讽，以沉默来维持我的风度。但很快，夏米米又开始问问题了："你多大？"

"问别人的年龄是不礼貌的。"我说。

"难道你一直盯着一个姑娘看就礼貌吗？"她反唇相讥。

"是有点不礼貌。可谁让这姑娘长得那么好看呢。"

"你可真油嘴滑舌。"她骂我。

"还没问你叫什么呢。"我说。

"夏米米。"她把头骄傲地昂起来，"全中国恐怕就你不认得俺。"

"明星？"我问。

"你别装了。"她说，"装得一点儿不像。"

我把我的手机调到无声的状态，然后对她说："手机没电了，能否借用一下你的手机，我再提醒一下司机。"

夏米米递过来她镶满水钻的 iPhone 4，我打到了我的手机上，然后耸耸肩说："他没接，下去再说吧。"

电梯就在这时候来了，我们走进去，电梯里就我们两个，她忽然显得有些紧张的样子，还捏了捏裙摆。我觉得她很有意思，于是我忍不住跟她开起玩笑来。我说："你每次认识一个男的，都这么急着跟他出去吗？"

她瞪圆了眼睛看着我。

我扬扬眉毛："还是因为我特别帅？"

她歪歪嘴，吐出一个让我差点晕过去的字："屁。"

她的个子不高，我要低下头来才能看清她的脸，我们的距离很近，我把手撑在她头顶上，她的确是很紧张，但她努力装出不紧张的样子来，故作好奇地问我说："你干吗要叫一个女人的名字？"

"什么？"

"你不是说你叫许姨吗，听起来像许阿姨。"

"屁！"我说，"我叫许弋。戈壁滩的戈少一撇那个弋字。"我把那个去声读得超重。

"你干吗在一个女生面前说粗话！"她说，"那种字眼怎么可以随便说呢？"

这回轮到我把眼睛瞪得溜圆了看着她。

我真不知道，世界上原来还有这样子不按牌理出牌的女生。

我们下了电梯，夏米米像一个运动员一般百米冲刺地跳上了门口那辆宝马，那是蒋皎的车，司机看到夏米米，很吃惊的样子。

我紧随着夏米米上了车，在她的身边坐下，夏米米像个老板一样地吩咐司机说："开车。"

司机问："夏小姐你要去哪里？"

果然不是吹的，果然全天下都认得。

"西二环。"夏米米答。

"好吧，西二环。"我说。

司机发动了车子。夏米米掏出她的手机来，利落地把它关掉了。我好奇地看着她，好奇地问："你怎么知道该上这辆车？"

她白我一眼说："这车长得跟你挺像，一看就是你家的。"

"此话怎讲？"

"失败，还需要解释吗？"她说，"华而不实呗。"

我警告她："你别忘了，你在我车上。"

她往里坐一点点，警惕地看着我说："你想干什么？"

"小姐，你搞清楚，"我说，"是你主动上了我的车，你问我想干什么，我没问你想干什么就不错了！"

"我想回家。"她说。

"你家在西二环？哪条路？"我说，"我这就送你回去。"

"你不正送我回去吗？"她说，"废话咋那么多呢？"

上帝作证，我真有一种想要扁人的冲动。

车子开了大约有二十分钟，夏米米忽然问我："你饿不饿？"

还真有点，我刚才啥也没吃，就空肚子喝了两杯红酒。

"我好饿。"她指着前方一个偌大的"M"招牌说，"我想吃麦当劳。"

"如果我没记错的话，你刚刚吃了两块蛋糕。"

"是吗？"她说，"我不记得了，在那种鬼地方鬼场合，我吃什么都没胃口。"

"行。"我对司机说，"前面停一下。"

"一个麦辣汉堡，两对辣鸡翅，一杯麦乐酷就可以了，麦乐酷要番石榴口味的，你别买错了。"

我气结："那你自己去。我在车上等你。"

"我自己怎么能去！"她指着自己的脸说，"你想让麦当劳堵塞？"

"小姐，我知道你是明星，可是明星很了不起吗，可以随便这样颐指气使吗，我又不是你的歌迷！"

她评价我："我看出来了，你是一个小肚鸡肠的男人。"

"没错。"我说。

"但我真的好饿啊。"她捂着肚子，"许阿姨，你要有点风度。"

我真拿她没办法，无可奈何地下了车往麦当劳的大门口走去。当我推开麦当劳沉重的大门的时候，沮丧地发现我竟然有些心甘情愿。我完全按照她的吩咐给她买好了吃的，走到半路才想起来自己还饿着，于是我又折回去重新排队，给自己买了一杯红茶和一个汉堡。可是，当我拎着这些东西回到车上的时候，我发现，夏米米同学竟然不见了！

我问司机："夏米米呢？"

司机说："她下车找你去了。"

靠！

我打她的手机，接电话的当然是小秘书。我算是明白，我被这姐耍了，她利用我把她从她不喜欢的饭局中带了出来，然后拍拍屁股一走了之。让我这个本来有点小小阴谋的人对着一大堆麦当劳满腹惆怅。人物啊人物！

不过，我许弋喜欢人物，只有人物才让我有足够的挑战感。

我看着那个巨大的"M"招牌，气冲牛斗地想，夏米米，你等着，我不会放过你的。

_08

那天，在小凡数个电话的催促下，我回到了那家酒店。小凡坐在酒店大堂的沙发上等我。我把麦当劳递给她说："吃吧，给你买的。"

小凡抬起头来，我看到她左脸颊上的一片红肿。

"怎么了？"我吃惊地问。

她不肯说话。

"她打的？我这就去找她！"

小凡拉住我："算了，许帅。你快上去吧，我在这里等你们。"

我哪里会有心情上去。我在小凡身边坐下，和她一起享受起麦当劳来。小凡有些不安："你不上去，待会儿我怎么跟雅希姐交代呢？"

"别管她，"我说，"能让司机不瞎说吗？刚才我用蒋皎的车送夏米米回家了。"

小凡有些担心："许帅你没干啥坏事吧？"

我嘿嘿地干笑。

"行。"小凡说，"不过我提醒你，千万别太过了。雅希姐那人……"

"知道了。"我说，"我想出去玩玩，要不你陪我去三里屯？"

"不要啦，这样子有人会杀人的。"

我一把拉起她："放心，有什么事我都担着！"

"别去了，"小凡拖住我说，"她应该马上就结束了，我要是留不住你，回头又该挨骂了。"

我哼哼："她要再跟你动手，我就灭了她。"

小凡啃着汉堡笑："谢谢许帅替我做主。"

那天的酒会蒋皎果然没应酬多久，半夜十二点的时候，我们已经回到家里，一面看电视一面喝咖啡。我知道她心里有气，但她并没有发作。我也懒得理她，因为我有更重要的事情要做，那就是，打夏米米的电话，直到打通为止。蒋皎终于忍不住，偏过头来问："这么晚了，你一直在打谁的电话呢？"

"张柏芝。"我说。

"你别臭美了。"她说，"你最近是不是有点找不着北？"

这句话激怒了我。但我并没有将我的愤怒表现在脸上，我已经足够成熟，懂得和别人玩心眼，如果十七岁的我学会这一招，兴许今天的我就完全不是这样的命运。抑或，这他妈的就叫命运，一切早已安排好，再牛逼的人也改变不了。

夏米米的电话就是在这个时候通的。电话一通，我立刻跑到洗手间去，把门关上，但她没接。坚持就是胜利，我又接着打到第五个的时候，她终于接了，但不说话，那边只有轻微的电流声。我试着"喂"了两声，仍然没有反应，我只好说："夏米米同学，你的麦当劳还在我这里呢。"

这回终于有回应了，不过传来的是哭声，一开始小小的，后来越来越放肆。我被吓了一跳，连忙问道："你哭啥呢，怎么了？"

她不说话，越哭越厉害。

我赶紧哄她："你在哪里呢？你别哭了好不好，我马上来。"

那个死丫头居然又把电话给挂了！

蒋皎已经在外面拍门："许帅，你给我出来，你在做什么？"我正在考虑要不要再把电话打过去的时候，手机上显示来了一条新的短消息，我打开一看，是夏米米发来的，上面是一家酒吧的地址。

我打开门。蒋皎铁青着脸站在外面："你今天到底在搞什么鬼？"

"我要出去一下。"我说。

"好吧。"蒋皎说，"今天的事算我不对，行了吧？"

"行。那就乖乖在家等我。我饿了，出去吃点东西就回来。"

"我陪你去。"

"不用。"

"让司机送你去。"

"不用。"我说完，拉开门走了。谢天谢地，她没有跟上来。

我打车去了那家酒吧。

酒吧离蒋皎的家很远，车子大约跑了一个小时才到。那是一家不大的酒吧，在很安静的街区，我跳下车推开酒吧的门寻找夏米米的踪影，她不在。

我打她的电话，酒吧里立刻有电话声响起来，我沿着那个声音往前走，一直走到角落里。我看到一个戴着绿色假发套的女孩子趴在桌子上像是睡着了，iPhone 4 在她的手里振动着，发出绿色的光。

我把手机从她的手里抽出来，她抬起头来，一张浓妆艳抹的脸，吓了我一大跳。我以为认错人了，她却跟我说："许阿姨，你真的来了？"

天，真的是夏米米。

我在她身边坐下，问她："几个小时不见，你怎么把自己搞成这样子了？"

她抓抓头发说："你是问这个吗？"

"不。"我说，"我问你为啥哭那么厉害？"

"我伤心。"

"为啥伤心呢？"

"说不清。"

"呵呵。"我揉揉她乱七八糟的头发说，"你把自己搞得这么乱七八糟，是不是怕被谁认出来啊？"

她推开我，突然咆哮："你老实交代，你怎么知道我电话的！"

"你告诉我的啊。"我说。

"不可能！"

"不骗你。"

"你骗人，你这个骗子。"她说，"说吧，你这么处心积虑，到底有何居心！"

"这还用说，想追求你呗。"我说。

"许阿姨，我告诉你，我对你这种花花公子型的最没有兴趣！没出息，没志气，没智商，没文化，我劝你趁早死了这条心，洗洗睡吧！"

不知道她在哪儿受了委屈，一口气尽撒在我这个送上门的冤大头身上。我叹口气说："难道我跑这么远的路，就是来听你骂我的吗？"

她盯着我看，我也不服输地盯着她看，对视战役再度开始。

她的眼泪忽然就流了下来，大滴大滴的，冲散了她绿色的眼影，让她的脸显得更加的乱七八糟。天，她竟然涂绿色的眼影。

我心疼地拥她入怀。

她任我抱着，没有推开我。我们怀着各自的心事保持着这个姿势，好像过了很久，她的电话响了，她当机立断地关掉了。

"干吗不接？"我问她，"是男朋友的电话吗？"

她用一双大眼睛看着我，柔声说："我的男朋友不是你吗？"

我真有点受不了她了。

"你都抱过我了。"她说，"你还想抵赖！"

"那我还想吻你怎么办？"我说。

"那就吻呗。"她把眼睛闭起来，唇嘟着，头仰得高高的，面对我。

我却不敢了。

见我老半天没动静，她把眼睛睁开来，用她最擅长的讥讽的语气对我说："别跟我来这套欲擒故纵的游戏，我告诉你，我不是那么容易被人耍的！"

"还不知道到底谁耍谁呢！"

天地良心，我这句话可真是真心话。

她得意了，扑哧一笑。

我放开她，皱皱眉头："你知不知道你自己这样子很难看？"

"知道。"她说，"我故意的。"

"到底有何心事，让你这样子折磨自己？"我点了一根烟，指着桌上的几个啤酒瓶问道。

"你把烟灭了。"她命令我。

我吐出一个大大的烟圈表示对她命令的蔑视。

她委屈地说："我有哮喘病，不能闻烟味。"说罢，她开始剧烈地咳嗽起来。虽然不知道真假，我还是赶紧绅士地灭了烟头。

"谢谢。"她捂着胸口，正儿八经地说。

这样的女孩，在我生活的历程中，好像很熟悉，却又好像从来都没有遇到过。我感觉我开始被她吸引，这种吸引是可怕的，毫无依据却又活灵活现的。我伸手想把她的假发套拿下来，她有些惊慌地护住了它。

"那么，"我说，"咱们找个没人的地方去聊天吧。"

"哪里？"她问我。

"随便你挑。"我说。

"你到底是谁？"她眯起眼睛来，探询地看着我。

"现在才问是不是有点晚了？"我说，"你别忘了，我已经是你男朋友了。"

她说，"我怀疑你是从天上掉下来的。"

"那是林妹妹，不是我。"

"你还有点小幽默。"

"那是。"

"许阿姨？"

"许弋！戈壁滩的戈字少一撇。"

她转了转眼珠，又吐出一句让我差点晕过去的话："可是，戈壁滩的戈字怎么写？"

原来当红歌手都是这么没文化的！我拿过她的小手，在她的手心里写下那个字，一笔一画，认认真真，希望她能明白，能记得。写完后我问她："晓得了？"

她甩甩手说："笨蛋，你以为我真不会写吗？是不是人家说什么你都信？还是长得帅的人智商都有点问题？"

我搂紧了她的腰，威胁她说："你再说一句我不爱听的话试一试？"

"你写字很难看。"她不知死活地说。

我当机立断地吻上她的唇。她并没有躲，冰冷的唇，带有淡淡的啤酒味。很多天后我才知道，那是夏米米同学的初吻，但她表现得可圈可点，令我这个情场老手无论何时何地想起来都无比汗颜。

但这个吻对我而言，的确是计划之外的，它产生的"心动效应"也完全是我计划之外的。一切结束后，我感觉自己有些傻乎乎，她反倒头脑清晰，轻喘着气问我："戈壁滩，你老实坦白，你这一辈子到底抱过多少女孩，吻过多少女孩？"

"像天上的星星一样数不清。"

"我信。"她说，"我第一眼见你，就看出来你不是好人。"

"那你还跟我混？"

"我怕谁呀。"她说，"其实我什么也不怕的。"

我作势要揍她，她却不躲，乖巧地躲到我怀里来。我的心忽然变得软极了，停止一切非分之想好好地抱着她。

她嘻嘻地笑："戈壁滩，你真的是天上掉下来的吗？"

"……是吧。"

"那就是神仙喽。"

"……是……吧。"

"那你可以满足我一个愿望吗？"

"说说看。"

"我想在这地球上消失三天。"

09

我做了一件自己都觉得匪夷所思的事，在和当红歌手夏米米同学认识的第一天，和她"私奔"了。

我没来得及通知蒋皎。当然事实上，我也不想通知蒋皎。我们坐的是半夜的火车，夏米米戴着墨镜和她的绿色假发套和我一起上了一节软卧车厢。车厢里还有两个人，用奇怪的眼神盯着她看，她拍拍车厢里的小茶几，像个黑社会一样乱喊乱叫："买票买票，看一眼一千块！"

这招挺管用，虽然人家当她神经病，但也不敢再轻易看她，我们也落得清净。一路上，她话不多，在上铺睡觉，或是拿了iPod长时间地听。我把耳塞从她耳朵里拿出来，问她说："有夏米米的歌吗，给我听听看？"

她干脆利落地说："没有！"然后转身背对着我，酷得一塌糊涂。

我还没听过她的歌，不过她红是确实的，火车上随便一张报纸的娱乐版翻开来，就有她的新闻：夏米米喜欢睡懒觉，喜欢穿某牌子的服装，准备出演某某电视剧，等等。但我依然感觉，报上说的那个她，和我眼前的这个她是完全不一样的，仿佛并不是同一个人，有很多的东西只是幻象而已。

火车开往北方，经过的都是一些我从来没有去过的城市。天快亮的时候，夏米米睡着了，我睡不着，不由自主地思索起人生。比如，人的一生，总有几天是要生活在童话里的；再比如，爱情开始的时候，都是这样没有道理；再再比如，跟自由自在相比，钱算是什么狗屁东西呢！就在我将这些思考进行到登峰造极的时候，听到过道那儿传来急促的脚步声，我转过头去看，看到夏米米，她的假发套被拿掉了，顶着乱乱的短发，穿了车上提供的白色拖鞋，正埋头往前冲。

"干吗？"我问她。

她见到我，一把抱住我："我以为你下车了！"

"怎么会？"我拍拍她的背，"再去睡会儿。"

"不睡了。"她说，"我要看着你。"

"你放心。"我安慰她，"我不是那样的人，说好陪你三天，不会反悔的。"

"我怎么知道。"她又开始不讲道理，"我们又不熟！"

我都懒得跟她理论。

她看着车窗外，天已经蒙蒙亮，树木、房屋、山水开始渐渐显出轮廓。她忽然就兴奋起来，自言自语地说："原来火车是这样子的，我原来以为卧铺就只能躺，不能坐呢。"

"你别告诉我这是你第一次坐火车！"

她看我一眼说："很奇怪吗？像我这样的人物，当然是坐飞机飞来飞去的。"

臭屁至极！

她朝我笑，露出无比甜美的笑容，极富杀伤力。我伸出手捂住她的眼睛，她的嘴角继续上扬。我真想吻她，不顾一切。原来这才是爱情，原来我曾经爱过的那些，都统统不作数。

"戈壁滩。"她问，"你要带我去哪儿？"

"看情况吧，"我说，"觉得哪儿有意思，咱们就去哪儿！"

"真酷。"她说，"像做梦。"

我拿开我的手掌，她的眼睛亮得不可思议，我一时弄不清，是我圆了她的梦，还是她圆了我的梦。或许，我们都有这样的一个梦，就等待这样的一天来共同完成它。

火车继续往前开。我和夏米米在车上又待了大半天，她吃不惯车上的快餐，一面吃一面皱眉，碍于她的公众形象，我又不敢带她去餐车。黄昏的时候，我们在途中的一个小站下了车。

那是一个小城，以前从没听说过，看上去很旧，但建筑有些自己的特色。往东去十几公里，就是海。夏米米除去了那些夸张的装饰，并不担心被人认出。我们打车，去了海边一个最好的宾馆。我的身份证还在蒋皎那里，夏米米掏出她的来，我们订了房。

宾馆四星级，是新装修的，散发出一股浓烈的装修味，我把窗户打开，空气好了许多，北方的夏天有很大的风，温度尚可。房间里只有一张大床，看上去很暧昧。

"你在想什么呢？"夏米米问我，她的神情看上去有些疲倦。

我摸着下巴问她："你说呢？"

"下流！"她骂我。

我哭笑不得，跑到饮水机那里倒了一杯水，兴许是心里有鬼的缘故，刚喝下第一口就被呛得不行。夏米米一点也不同情我，她在床上坐下，把她的小包往旁边一甩，大声说："事到如今，你搞清我是谁了吗？"

"当红歌手夏米米。"

"哦。"她说，"还行。没出什么大错。"

我坐到她身边去，问她："你有十八岁吗？"

她嗲声嗲气地答："没有，小女子年方十六。"

我拿出她的身份证看，她已经年过十九，但真的看不出。身份证上的相片很不像她，呆头呆脑的，她过来抢，我不肯给，她就剧烈地咳嗽起来，看上去非常痛苦，脸色苍白。我连忙给她水喝，再给她拍背，她摇摇头，指着包要我给她拿药。我好不容易把她的药瓶子翻出来，手忙脚乱的，药倒得一床都是。她捡了两颗，就着水喝了，靠在床上闭着眼睛，脸色总算是慢慢地缓了过来。

"你没事吧？"我凑近了问。

"你不要碰我。"夏米米气若游丝却还忍不住威胁我，"我要是死在这间屋子里，你就得去坐牢！"

我问她："你演出的时候犯病怎么办？"

她说："演出前会很注意，一般不会。"

"你这样出走，一定会有人找你吧？比如你的经纪人什么的。"

"当然。"夏米米说，"让她找去吧，我反正手机关机。对了，你是不是也应该关机，专心陪我呢？"

正说着呢，我的电话就响了，是小凡。我没接，当着夏米米的面把手机给关了。

夏米米靠在床上朝我招招手，我走过去。她问我："谁给你打电话呢，你女朋友吗？"

我笑："我的女朋友不是你吗？"

"哦。"她说。

"别乱想了。"我说，"我们叫点吃的，你要是累了，就休息一下。"

"我现在还不饿。"她说，"也不累，我想去看海。"

"现在？"

"现在。"她说，"你不觉得男人应该迁就女人吗？"

"这个不用你教。"我说，"我只是不知道晚上的海有什么好看的。"

但我还是陪她去了海边。只步行五分钟左右，我们就到了一片沙滩。北方的海和南方的海有很大的不同，就是在夜里，也有一种勃勃的生机。夏米米做了个天下最老土的动作，把手臂举起来，脸向上，深呼吸。

我笑话她。

她追我，我往前跑。她跌倒了，我又回去扶她。潮来潮往，海水一波又一波，那一刻我有在做梦的感觉，我好不容易才控制住自己，没做咬自己手指头的蠢动作。

夏米米心情好像不错，她开始在唱歌，是我没听过的一首歌："秋天的海不知道，夏天过去了，弄潮的人啊他不会再来，不会再来……"

感觉她还是童声，把一首忧伤的歌唱得那么透明、好听。

我们在海边坐下，我把手放在她的肩上，问她："冷不冷？"她却靠在我怀里，对我说："戈壁滩，你可以再吻我一下吗？"

"如果你保证不踹我的话。"

"我不会的呢。"她说。

我捧起她的脸，专心地吻她。她呼吸急促，心跳声一公里外都听得见。一切结束后我很想跟她说一声"我爱你"，但我觉得那样实在是有些肉麻。我把这三个字在心里反复了好几次，出来后变成了另外一句话："你饿了吗？"

"不。"她说，"有个传说你听过吗？"

"什么？"

"如果一个女孩在海边被一个男孩吻过了，那么她丢一把沙到海水里，就可以实现一个心愿。"

这是什么扯淡传说！

不过我并没有揭穿她，而是故作天真地说："真的吗？"

"我也不知道，不过可以试试。"她说完，抓起一把沙，站起身来，扔向远方的海，然后转回头来，朝我俏皮地一伸舌头。

"许什么愿呢？"我问她。

她当然不肯说，而是说："困了呢。"

"那就去吃点东西，然后回去睡吧。"我说。

"你可以抱着我睡吗？"她轻声问。

"哦，好。"

她提醒我："只是抱着而已哦。"

"哦，好。"

那天晚上，她温柔地靠进我的怀里，和我相拥而眠。我内心里的一池春水被她彻底搅浑，不过我还是提醒自己慢慢来，慢慢来。对付一个有着哮喘病的当红女歌手，我知道，我必须得慢慢来。

夏米米从我怀里抬起头来，她伸出手，摸了摸我的脸："戈壁滩你知道吗，你长得真帅，帅得真让人受不了。"

说完，她把眼睛闭上，睡着了。在火车上，我差不多是一会儿都没睡着，所以其实我也困极了，我抱着夏米米，很快就进入了梦乡。然而第二天早上醒来的时候，我却吃惊地发现，夏米米不见了。

和夏米米一同不见的，是我钱包里的三千多块钱现金！

真是见了鬼了！

我疑心自己在做梦，手指却无意中碰到床上的一粒药丸。我把它拿到手里研究了半天，确定那个叫夏米米的死丫头确实存在过。

居然又敢这样耍我！哪怕是天涯海角，我也要把她找回来！

_ 10

我没有找回夏米米。

事实是，她真的不见了。

还有一个更要命的事实就是，我发现自己很担心她。并且，很想她。

蒋皎给我的现金都被夏米米偷走了，好在父亲给我卡上打了一些钱，我用它们买火车票坐火车回到了北京。一路上，我都神游太虚，一颗心仿佛被谁偷走，整个人空空荡荡。小凡来车站接我，好心提醒我："你要小心，雅希姐暴怒中。"

我先发飙："她暴怒关我什么事！"

小凡不敢再吱声，我让司机把空调开到最大，坐在车上睡着了。醒来的时候，我已经回到了蒋皎家。我下车进屋，小凡和司机并没有跟着来。蒋皎坐在沙发上，她微笑着问我："许帅，这两天你去哪里了？"

"玩去了。"我给自己倒了一杯冰水。

她努力维持着她的好脾气问我:"是跟一个姓夏的人去玩了吧?"

"谁姓夏?"

"你不觉得自己过分?"

"是吗?"我答非所问。

"晚上我有演出,你去看吗?"

"不。"

我知道她在尽力地忍,说真的,我以为她会赶我走。但她并没有这么做,而是温和地说:"那好吧,你看上去很累,去休息一会儿。想吃什么告诉钟点工。"

"好的。"说完,我上楼,进了客房。门一关上我就开始打夏米米的电话,她的电话终于开机了,但是接电话的是一中年男人,他很明确地告诉我我打错了,当我打到第五次的时候他开始骂:"我不认得什么夏米米,你怎么不干脆打这个电话找本·拉登?"

靠!

我只好求助小凡。

小凡说:"难道你真成了夏米米的粉丝?"

"差不多吧。"我说。

小凡说:"今晚皎姐在工体有演出,是拼盘演唱会,听说夏米米也去。"

我谢过小凡,打开门跑到楼下,蒋皎坐在那里,闭着眼睛,不知道在思考什么。听到我的脚步声,她睁开眼问:"不是说要休息的吗？"

"你几点演出？"我问她。

"晚上八点。不过我待会儿就要走了，要化妆，还有彩排。"

"我陪你去吧。"我说。

"一分钟九个主意！"她虽然骂我，但看上去还是很高兴。我当然也很高兴，唯一烦恼的人是小凡，她在车上拿忧心忡忡的眼神偷偷地看我，我朝她挤挤眼，她的样子看上去好像马上就要昏过去。

演唱会之前是记者招待会，我知道夏米米有参加，但我没有记者证，不能进去，只好在后台傻傻地等。

一小时后，我终于如愿以偿地再次见到夏米米。她穿得夸张，戴着墨镜和一顶白色的帽子，经纪人、保安陪着她招摇过市。

我、蒋皎、小凡和她们一行人面对面擦肩而过。

她看我一眼，面无表情，好像从来就不认得我，然后很快被人拉走。

我不想错过这个机会，大声喊她："夏米米！"

她没有听见，走到她专属的化妆间，关上了门。

蒋皎说："怎么你认得她？"

"电视上见过。"我说。

她嘲笑我："别把我当傻子。"

我不理她，跟到那间化妆间前，在蒋皎吃惊的眼神里大力地拍门，很快有人过来开门，是她的经纪人，用冷冷的语气对我说："现在不接受采访。"

"我不采访她。"我说，"我只是找她还钱。"

"你是谁？"她问我。

"告诉她，我是许弋。"

"你稍等。"她说。

门关上了，过了一会儿又打开了。我以为会是夏米米本人，结果还是那个经纪人，用更冷的语气对我说："对不起，夏小姐说不认识你。"

我警告她："如果她不还钱，如果你还敢关门，我就一直敲，敲到全世界的记者都来为止。"

"请便。"她根本不在乎我的恐吓，又把门关上了。

我抬腿就要踢门，有人上来拉住我："许帅，你适可而止，好吗？"

是小凡。

"不要管我！"我觉得胸闷气短，根本管不住自己的爆发。

"雅希姐已经气走了，你再闹就很难收场了。"小凡哄我说，"他们会叫保安，直接把你从这里轰出去。我看你还是走吧，你有什么话，我想办法替你去跟夏米米说。"

"那好。"我说，"你让她别躲着我，不然我什么事都做得出！"

"好的好的。"小凡说，"包在我身上。"

我正准备走，门却忽然开了，夏米米的经纪人叫我说："许先生，请留步。"

我转头，第一次在她的脸上看到微笑。她对我说："夏小姐请你进来。"

我冲小凡挤挤眼，进了夏米米的化妆间。她的妆只化到一半，但看上去已经老气了许多。我走到她身边，她把周围的人都打发出去，从镜子里看着我，用一种公事公办的口气说："说吧，我欠你多少钱？"

"您看着给吧。"我气不打一处来。

她皱着眉："我为什么欠你钱？"

"你从我钱包里偷的。"

"在哪里？什么时候？"

尽管知道她在玩把戏，我依然维持着我的耐性回答她的白痴问题："前天晚上，准确地说，是前天半夜，你在宾馆偷走了我的钱后就消失得无影无踪。夏小姐的记性未免也太差了吧？"

她拍拍额头说："是，我最近得了健忘症，你还能提醒我一下，是在哪一家宾馆吗？"

我一把把她从座位上拎起来："夏米米，你再玩我就灭了你！"

她并不挣脱，而是用那双该死的大眼睛盯着我，又是那种该死的无辜表情，我情不自禁地俯身吻她，她咬我的舌头，用力地，我疼得松开她，叫起来。

她理理衣服，退后两步："你姓许？"

我摸摸嘴角，喘气。

她的语气却奇怪地温柔下来："能告诉我吗，你在哪里见过我，求你了。"

我说出那个城市的名字。她做出费力思考的样子，让我真的相信她浑身有毛病。除了那该死的气喘，还真的有什么更该死的健忘症！

"对不起。"她拉开包，拿出钱包来，把里面的现金悉数取出来，递到我面前说，"够不够还你？"

我挥手过去，钱全部散落到地上。

夏米米弯下腰去捡，我也弯下腰，我的手触到她的手，她飞快地收回，我又飞快地拉住了她，低声说："夏米米，我真的很想你。"

她的呼吸变得急促，然后我听到她说："我们另约时间，好吗？你看，我马上要演出……"

"好的。"我说，"可是，我该到哪里找你？"

"三天内，我一定联系你。"

我警告她说："不许再骗我！"

她微笑，然后问我一个让我极度抓狂的问题："你叫什么来着？"

"许弋。"我说，"戈壁滩的戈少一撇。"

"噢。"她答，"这名字不错。"

"你会写戈壁滩的戈字吗？"我故意问她。

"当然。"她咧开嘴笑起来，调皮的样子又回来了。

"下次别这么化妆。"我说，"真难看。"

她朝我挥挥手："你出去吧，我时间不多了。"

那晚我坐在嘉宾席上，第一次听到夏米米的歌声。她的歌迷来了许多，气势上大大超过了蒋皎等人，他们高声叫喊着她的名字，让全场沸腾。而夏米米的歌声也完全出乎我的意料，小小的身材，唱到高音处，竟然还是那么的游刃有余。那晚，夏米米唱了三首歌，最后一首我最喜欢，也应该是她的成名曲，叫《无罪》。

半壶酒

慰我寂寞的唇

坠入脚底的深灰

还没有睡醒的酒杯

深夜十二点

王子和公主都不睡

要参观

我佯装成熟的美

半颗星

撑着微光在放电

点缀我的妩媚

忘了誓言的桑田

要留意冷箭

射进你的小心眼

保不住

那滋味飘飘欲仙

说感情

你不乖我不退

打扮超颓废不醉就不归

没那么无所谓

这首歌我一个人唱它到天黑

呼啦啦啦呼啦啦啦夜色多么美

我是神秘花园里最炫那一朵玫瑰

呼啦啦啦呼啦啦啦星星多么美

今天十八明天十七爱让我无罪

呼啦啦啦呼啦啦啦爱情多么美

你是心底深处最说不出口的迂回

呼啦啦啦呼啦啦啦伤感多么美

今天十八明天十七

爱让我们无罪

我坐得离演出台很近，她笑起来的时候，真是特别特别的美，让我恨不得冲上台去拥抱她。我发现我的心奇怪地动了一下，又动了一下。这是一种我已经遗忘很久的感觉，我以为再也不会重拾的感觉。我在那样的感觉里痛下一个决心，不管夏米米这朵花有多么神秘，我也要让她怒放、怒放、再怒放，永不凋零。

11

我和夏米米的事终于被蒋皎知道了。

那天的演唱会结束，刚回到家里，她就像审犯人一样地问我："你们怎么认识的，都做过些什么？"

"你能想到的都做过了。"

她纵声大笑："许帅果然是许帅，泡起妞来只有四个字可以形容，雷厉风行。"

"谢谢夸奖。"

"不过我很奇怪，那个农民，你喜欢她什么？你难道听不出来，她根本就是在假唱吗？她要会唱歌，全中国人都可以当歌星！"

"你停止侮辱她。"我说。

"怎么，你心疼了？"

"那是肯定的。"我说。

蒋皎从鼻子里哼出一句话："我劝你最好问清楚点，看她是否愿意养你。"

"这个你放心，我会养她。"我说，"虽然多的是贱人愿意贴上来养我。"

她纵声大笑，终于发飙，指着大门对我说："你给我滚！"

"求之不得。"我说完，站起身来就往外走。小凡拉住我，轻声说："许帅，别冲动，跟雅希姐好好说嘛。"

"说什么？"我说，"不就是泡个姐吗，我又不是她老公！难道事事都要向她汇报？"

蒋皎看着我，咬牙切齿地说："别说我没提醒你，你对你说过的话做过的事都要负责任！"

我径自走到她面前，把头歪过去，手在脖子上做个示范说："来啊，杀我啊，不就是一颗人头吗？你尽管取了去。"

她把头往后一仰："我真没想到，你是这样的无赖。"

"无赖去也！"我朝她挥挥手，离开了她的家。我在小区门口思考了一会儿，我知道我不能离开北京，我要等夏米米的电话，这一面，我是一定要跟她见的。虽然我心里非常清楚，等待着我的，并不是理想中的结局。

可是，我身上的钱不多。

我找了一家小旅馆住下，给爸爸发了一条求助的短消息，谎称我的电脑坏了，要他寄点钱给我买个新的。然后，我买了一堆吃的待在旅馆里，一面看电视一面耐心地等夏米米的电话，我有把握，她一定会打给我。但我首先接到的是小凡的电话："许帅你回来吧，雅希姐说不跟你计较了，只要以后你不再去找夏米米。"

"你告诉她，我此时此刻正和夏米米在一起 Happy 呢。"

"不可能。"小凡说，"夏米米今天在天津拍广告。"

"你怎么知道？"

"看娱乐新闻呗，全世界都知道。"

"我在天津。"我说。

"算了吧，许帅。"小凡说，"你别骗我，也别骗你自己了，雅希姐对你这么好，你犯得着为了个不着调的人把这一切都丢掉吗？"

"哪一切？"我问她。

她迟疑了一下回答我："你知道我说什么。"

我在电话这头笑起来："名利，地位，还是美色？我告诉你，我不在乎。小凡，我跟你是不一样的，我不会为这些而忍受。"

"你真的确定不回来？"

"不。"我说。

小凡在那边叹息了一声，把电话挂了。

皇天不负有心人，两天后，我终于等到了夏米米的电话，我和她相约在夜里十点的半岛咖啡。我差不多是跑着去打车的，而且我发现，我竟然有些紧张。

她订的是包厢，门口站着两个男人，似保镖。

其实无须这么隆重，我怎么可能会伤害她？

我没理他们，径自推开门进去，然后把门关上，反锁。夏米米坐在那里，低着头。我走到她身边坐下，她抬眼看我一下，然后猛地扑到我怀里来，抱住我紧紧不放。

我也紧紧抱住她，那一瞬间我明白自己的需要。千难万难，千山万水，我知道我再也不会放手！绝不！！

"许阿姨，"她怯怯地说，"我老骗你，还偷你的钱，你不恨我吗？"

"不，"我用发誓一样的语气答她，"我爱你。"

"是因为我是明星吗？"

"不。"

"那如果我以后再也不唱歌了，你还会做我的男朋友吗？"

"会。"

"那你以后要是发现我继续骗你……"

"好啦，"我抬起她的下巴，逼她的小脸对着我，一字一句地对她说，"不要再问这些没完没了的愚蠢的问题了，好吗？"

她很乖地答："嗯。"

"笑一下。"我哄她。

她乖乖地笑起来。那笑容，真的，让我用全世界去换我都愿意。

我的电话就在这时候响了，是永远不识相的小凡。我关掉了它。夏米米用一种委屈的眼光看着我，小心地说："你是不是有很多很多的女朋友，比如，蒋雅希什么的……"

"不要乱讲，我跟她是同班同学而已。"

"你是香港人？"夏米米评价我说，"可是一点儿也不像，你的普通话很地道。"

我不知道该如何回答。

"门口有人看着吗？"夏米米朝门外努努嘴，轻声问。

"至少我来的时候是的。"我说。

"他们很快要带我回去，不许我熬夜。最近有很多通告……"

"到底谁管着你？"我问她。

"很多人。"她目光黯淡地说，"你们看到的都是我光彩夺目的一面，不会相信可能我连自己的主都做不了，只是别人手中的一个提线木偶。"

"如果你愿意，我可以带你走。"我说。

"你能养活我吗？"她很认真地问我，"我要看病，要吃药，我需要用很多很多的钱，你可不可以？"

"给我一些时间。"我说，"一定可以。"

"多久？"她追问。

我想了一下说："半年。"

其实我还有一年才大学毕业，但是我在心里盘算好了，我可以打工、做生意，或者先跟父亲去要一些，总之，只要能让我心爱的女孩生活得幸福，我愿意付出一切。我相信我也有这样的能力！

"那么好吧。"夏米米说，"半年后，你来接我走。不管你带我去哪里，我都跟你去。"

"你会不会又骗我？"

"不会的，戈壁滩。"她说完，靠近我，在我的脸颊留下一个轻轻的吻，轻声说，"你是第一个抱着我睡觉的男生，我永远都不会忘记的呢。"

外面响起敲门的声音。

夏米米依依不舍地挣脱我："我得走了。"

我说："一言为定，可是这半年，我们一定要保持联系。你得给我一个电话号码。"

"我的号码不固定，他们常常会换掉它。你别换号码，我会联系你。相信我。"

我搂紧了她，寻找她的唇，深吻下去。但不知为何，却有一种就要永远失去的感觉，感觉她会像空气一样消失不见，再也握不住的虚无。

敲门声越来越急促。夏米米推开我，走到门边。门开了，她走了。

我独自坐在那里，很久很久。

我买了第二天晚上离开北京的火车票。在走以前，我去了上次见夏米米的那个酒吧，明知道不可能，却还是希望可以再见到她。因为是周末，酒吧里人头攒动，兴奋的红男绿女在舞池里扭动腰肢。当然没有夏米米，我遇到她，仿佛只是一场梦。半年之约，或许只是我们互相欺骗的一个借口。她于我，已变成一个坚决的陌生人。我们都一样，太渺小，难以操纵命运的心血来潮。

或许我应该不管不顾地带她走，回我的老家，我未必养不活她。

但是，我做不到，我不够勇敢，所以注定不够幸福。

我坐在角落里，喝了很多的啤酒。时光倒回，曾几何时，我也为别的女生这样子喝醉过，那时候的我天真地以为这一辈子再也不会爱上别的人，可是后来我爱了，妥协了。再后来，我又爱了，爱情是多么装模作样不讲道理的玩意儿。但是我说过，这回应该才是真的，过去的都可以统统不作数，这回不可以。我趁着酒劲，跑到台上去唱歌，我唱："等待等待再等待，心儿已等碎，我和你是河两岸，永隔一江水……"这是多么久违的优美旋律，尽管我听不到我的歌声，其实也没有任何人听到我的歌声，就像没有任何人会在乎我的心碎，这个世界，谁是谁的救世主呢？

这期间我的电话响了两次，一次是我老爸，一次是蒋皎，但是我都没有接。我不想跟任何人说话，我就想唱，不知疲倦地唱。

我走出酒吧大门的时候已经不知道是夜里几点，冷风一吹，我在路边呕吐起来，我是这么乱七八糟的一个人，不值得任何人同情，连我自己都想放弃我自己。我吐完后，迈开腿，想离那个肮脏的地方远一点，我的步子很飘，每一步都不稳。我感觉有几个人聚在我面前，举着木棒什么的，像是要打我的样子。但是我那时候真的很困，我努力想睁开眼睛，然后就感觉到了疼痛。

有人在打我，木棒像雨点一样打在我的头上、身上。真他妈的痛。

我倒在地上。看到自己的血从鼻孔里滴到地上，我不知道鼻孔里原来也可以流出来这么多血，我觉得很好笑，所以我就哈哈地笑了起来，直到我笑昏了过去。

我以为我死了，可是没有。醒来的时候，我发现自己在一个陌生的地方，躺在一张木床上，全身被绑住，无法动弹，头疼欲裂。

那是一间黑暗的小屋子，只点了一盏微弱的灯。我大声呼喊，无人理睬。

半小时以后，喉咙沙哑的我开始感到恐惧。我知道这是谁干的，我早就应该知道，她不会善罢甘休。但如果我就这样死在这里，会不会永远都不会有人知道？我开始挣扎，但无济于事。我只好闭上眼睛保持体力，等待转机。

不知道过了多久，终于有人推开门进来。

我惊喜地睁开眼，发现是小凡，她进来后一句话也没说，只是用随身带的一把小剪刀替我松绑。那把剪刀不太好使，她用了很长的时间才让我得以解脱，我摸摸头，上面包着纱布。

"你快走！"小凡掏出一个信封给我说，"我替你买好了今天晚上的飞机票，这是你的身份证，里面还有一点钱，你收好它。离开北京，永远都不要回来。"

"我不会放过她！跟她算完账我就走！"

"你别傻了！"小凡冲着我大喊，"你去找她干吗？你能斗得过她吗？你看看你自己的狼狈样，还不能领会她的心狠手辣吗？我告诉你，你别再天真了！"

"不就是一条命吗？"我说，"我不怕！"

小凡说："你冷静一点，我必须再告诉你一件事。"

"好的。"我说，"你说。"

"你保证你冷静。"

"说！"

"夏米米出事了。"

我全身冰凉，好半天才问出一句话："出了什么事？"

"昨天晚上，她拍一条广告，那个搭建的高台，不知道为什么忽然就塌了。"

我抓住小凡的手，声音抖得剧烈："她怎么样了？"

"不知道。"小凡说，"现在，一大堆记者和歌迷等在医院外面。你要是不信，也可以去排队看看热闹。"

我信。

我怎么可能不信？

"是你害了她。"小凡说，"我早跟你说过，'她'不是一般的人。"

我知道。我应该比小凡更加清楚，我们在一个城市长大，"她"父亲的发家史，"她"们家的一切，都曾经是大家津津乐道的话题，我怎么可能不知道？

是我，是我害了夏米米！

我往门外跑，小凡一把拉住我说："你要做什么？"

"我去找她，这件事绝不能就这样算了！"

"不许！"小凡说，"除非你想去送死！"

"可是，你为什么救我？你难道不怕吗？"我问她。

小凡说："那天在电话里，你说得对，我不应该再忍受。但是许帅，你要相信我，现在不是我们跟她斗的时候。"

我把脸埋进手掌心里叹息："可是夏米米……"

"她应该不会有事的。"小凡说，"她只是摔伤，她有很多钱，钱会治好她。"

"可是，她有气喘，还有健忘……"

"你别傻了。"小凡说，"她会好的，许帅，你现在什么也不能做，唯一能做的，就是想方设法地拯救自己。"

"小凡，"我拉住她的手，"我想去医院，想去看看夏米米。求你！"

"她这次没有死，如果你真的想害死她，你就去吧。"小凡走到门边，把门拉开，冷静地对我说，"去吧，去和她死在一起，让全世界都见证和歌颂你们伟大的爱情！去吧！"

"有法律！"我无力地说。

"你跟一个疯子讲法律！"小凡关上门，背对着我，缓缓地拉起她的衣服，我惊讶地发现，在她的背上，全是一个个触目惊心的伤痕，像是烟头烫的、鞭子抽的……我的天我的天我的天！我觉得自己就要接近疯狂！

过了好一会儿，小凡才放下她的衣服，转过身来："你看到了，这些伤，都是她干的，自从那个她爱的男人离开她后，她就完全疯了。在你来以前，我是她发泄的最好对象！她没病，但是每天都要吃一大堆莫名其妙的药，一不高兴了，就拿我出气，打完我，又给我钱……"

"为什么要让她这样侮辱你？钱对你真的那么重要吗？"

"是。"小凡承认，"我是她嘴里口口声声最恨的乡下人，她在一个劳务市场找到我。因为我的妈妈死了，父亲得了绝症，我的两个弟弟要上学，她是明星，我那时只求有一口饭吃，能拿一点工资，她看上我，我已经到了天堂……"

"别说了！"我打断她。

"许帅。"小凡流着泪走到我面前，她伸出手温柔地触摸我的脸庞，"你要离开她，从第一次见到你，我就知道你是一个好人。

你还记得吗，你来北京的第二天，她打我耳光，你蹲到我面前，叫我别哭，说你会替我打回她。我知道那不可能，但我心里真的高兴，第一次，有人这么替我说话。还有，我那天真的好饿，你买来麦当劳给我吃，没有人这么关心过我，你是好人，你一定要离开她。你不可以留下来，要离她远远的，才会安全，你知道吗？"

"可是你怎么办？她会放过你吗？"

"你别担心我。"小凡微笑，"我不会有事。"

我情不自禁地抱紧了这个可怜的女孩。瞧，这就是我玩的游戏，这就是我对上流社会的盲目崇拜，这就是我满心以为运筹帷幄的一切。可是，除了痛彻心扉的后悔，它又给我带来些什么呢？

小凡说："快，我们得快走，这里随时会有人来！"

我悲从中来，无法控制，只能丢脸地抱住她呜呜地哭。尽管我知道，哭是无济于事的，但是此时此刻，除了痛哭，我别无他法。我就这样抱着她，眼睛看向窗外，深夏的夜空一片漆黑，像一个无底的黑洞，引诱我起身，走出去。

我知道我将跌入里面，永远不能回头。

《鞭长莫及》（流行音乐华语榜单9月12日榜首曲目）

演唱：蒋皎

你在很远的地方

思念它鞭长莫及

我在漆黑的夜里

听过的每一首歌曲

说的都是啊

关于爱情的道理

那些咫尺天涯的安慰

让深情继续燃烧

不曾停息

空白的心

还藏着爱你的秘密

满天的云

是不能相守的一声叹息

如果你还能

有一天继续拥我在怀旦

会不会也流下

两行幸福的泪滴

去年九月的你

是行美丽的诗句

我在无声的梦里

吟唱它动人的旋律

深深记得啊

你每次说爱的声音

那些柔情似水的过往

才让我勇敢地坚持

相信奇迹

空白的心

还藏着爱你的秘密

满天的云

是不能相守的一声叹息

如果你还能

有一天继续拥我在怀里

会不会也流下

两行幸福的泪滴

哪怕这一辈子

思念它鞭长莫及

我们的爱情

染上了尘埃

等待一场风暴的洗礼

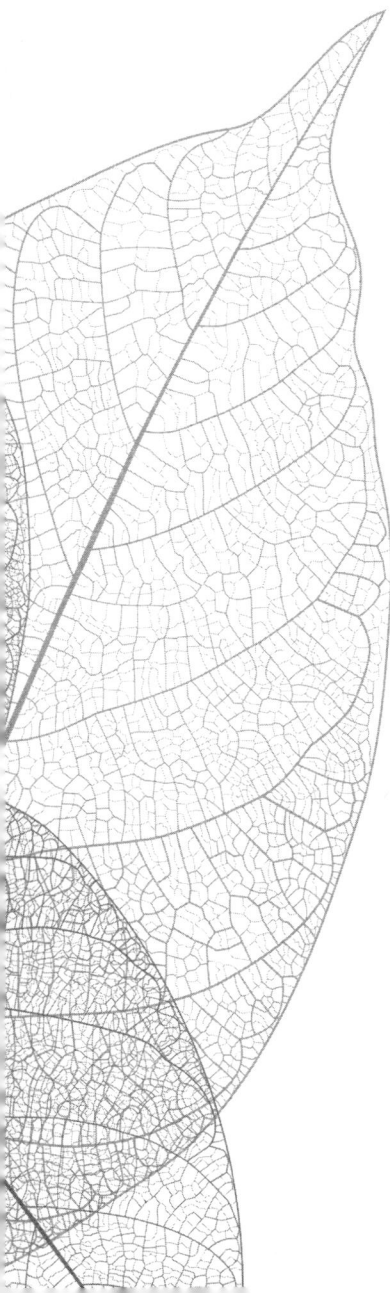

— TWO 夏吉吉 —

我们的爱情
染上了尘埃
等待一场风暴的洗礼

——夏吉吉

我最恨的季节，是夏天。

　　对我而言，所有的灾难，仿佛都发生在夏天，于是这个季节带着油彩般浓厚的挥之不去的哀伤，潜伏在我的记忆里，一旦爆发，便是一场天崩地裂的海啸，足以轻轻松松地带走一切。

　　可是夏天偏偏还是来了。

　　赵海生回来的时候，我正在专心地擦着厨房的玻璃门，那是我最喜欢的一扇门，有很精致的花纹，像鸢尾。我已经学会烧麻婆豆腐，那是他最喜欢的菜，起锅后，撒上绿色的小葱花，香味扑鼻，令人食欲大增。

　　赵海生一进门，就把空调开了，窗户关起来，用责备的口吻对我说："吉吉，不是叫你不要做饭的吗，钟点工呢？"

　　我说："她今天休息。"

　　他坐到我身边，用手臂圈住我："那我带你出去吃？"

我说："饭菜都好了。"

"也好。今天很累，吃完早点睡。"他放开我，起身去了卫生间。任何人都知道他不再爱我，但他还在装。我见过他的新欢，是个标准的美人儿，据说是个模特儿，她穿了高跟鞋，和一米七八的赵海生站在一块，高矮难分伯仲。这倒是我没有想到的，我原以为赵海生在对我厌倦以后会喜欢上一个作家或是艺术家什么的，现在他自动降低他的品味，让我失望。

我一直在思考用什么样的方式离开赵海生，是跟他开诚布公地谈，乖乖地主动让位，还是一语不发选择神秘地消失。但我深知以上两种方式都是他所不喜欢的，从我跟着他到北京的那一天起，他就已经习惯主宰我和他之间的一切，无论他跑得有多远，我最好是站在原地不动，不然，肯定会遇上麻烦。

我觉得我还没有学会解决麻烦，或者说，生命中一个又一个的麻烦让我无从应付，所以我才这样无师自通地学会安于天命，以不变应万变的吧。

但我爱过赵海生，赵海生也爱过我。

这简直是一定的。

_ 01

十五岁那一年，我第一次见到赵海生。他是我父亲多年前的学生，那一天下很大的雨，他拎着一个简单的行李包，打着一把伞敲开了我家的门。雨下得很大，他的衣服湿了大半，但并没有急着进门，而是礼貌地问："是夏老师家吗？我从北京来，有过电话预约。"

我连忙请他进来，他跟我要拖鞋，我说不用了，但他坚持要换。于是我只好红着脸找了我父亲的一双旧拖鞋给他。他毫不介意地换上，把伞收起来放在门边立好，这才进到屋里来，我给他拿了条毛巾让他擦干身上的水，并泡了一杯热茶给他，陪他一起等父亲回来。他穿洁白的衬衫，身形挺拔，话不多，有很感染人的微笑，用好听的嗓音问我："这里一直这么多雨吗？"

"不是的。"我说，"夏天要来前才是这样子的。"

他微笑地看着我，眼神有些专注，我不自在地转过了头去。

桌上放了一幅画，是我没事时乱画的东西，他拿过去饶有兴趣地看，我想抢回来，却又不好意思。

"你画的？"他问我。

我红着脸说："瞎画的。"

"挺好啊。"他夸我，"以后一定比夏老师更棒！"

这时候房间里传来叮叮的琴声，我走过去把门推开，对着里面喊道："米米，今天别弹了，有客人。"

但米米好像没听见我说的话。琴声继续着，我走进去，生气地替她把琴盖关上了。她仰起脸问："什么客人这么重要？"

我压低声音："我知道他，听说他要买爸爸很多画。"

"是吗？"米米兴奋起来，"那我是不是可以换架钢琴？"

我捂住她的嘴。赵海生就在这时候走到门边，他温和地说："让她弹吧，她弹得很好，我喜欢听。"

我和米米傻傻地看着他。

赵海生也傻了："怎么，你们是双胞胎吗？"

"不。"我赶紧纠正说，"她是我妹妹，比我小两岁，她叫米米，我叫吉吉。"

"米米，吉吉。"赵海生摇着头说，"可是你们长得真像。"

都这么说，但当然我们是不一样的。我比米米要高出两厘米，她的眉毛比我浓，眼睛比我的大也比我的亮，除此之外，我们的性格也是完全不同的，米米像母亲，什么都敢作敢为，外热内冷。而我像父亲，什么都腻腻歪歪，外冷内热。母亲出身名门，二十二岁的时候下嫁在中学教美术的父亲，这件事当年在我们家族里引起轩然大波。世俗总是难免的，如众人所料，他们的婚姻只维持了短短的六年。她跟着那个澳大利亚人走的时候，我只有五岁，米米三岁。很长时间，我以为我的心里对她只有仇恨，但十岁那年听说她客死他乡的时候，我狠狠地哭了一场。米米却没哭，她冷静地对我说："姐姐，人总是要死的，你哭也没用的。"她镇定的样子，让我害怕。我怕她长大后，会变成另一个母亲。连自己最亲近的人都抛弃，自然是没有什么活路可走。

但我还是疼米米，特别是睡觉的时候，她小细胳膊小细腿地缠上来，我的身体里就有一种天然的母性在滋生，发誓要照顾她一生一世。米米患有哮喘，体质很弱，常常生病。她喜欢音乐，母亲留下的旧钢琴是她最大的宝贝，但后来我们没有钱再请老师授课，米米只好毫无章法地自己练习。她无师自通的都是些伤心的曲子，高高低低地来来回回，我不喜欢听。钢琴放在我们俩的房间里，抵着床头，父亲画不出来画生气的时候，我俩通常是躲在那个小房间里，米米趴在琴上，轻声问我："姐姐，怎么办才好呢？"

我用一支笔在一张纸上乱涂乱抹着，当然不知道怎么办才好，这样的日子过了很多年。母亲走后，家里的画廊关掉了、卖掉了，城里的那套房子也卖掉了。父亲从原来教书的学校辞了职，带着我们搬到海边这个小房子来，我和米米也进了海边一所新建的中学读书。母亲活着的时候，还有钱寄来，自她走后，生活每况愈下。父亲仍是画画，或是酗酒，知天命之年的他总是一副不食人间烟火的样子，仿佛钱和米可以从天上掉下来。

最忧愁的事是学校要交钱。如果不巧，遇到米米和我一起要交，那我连想死的心都有。所以我打算念完初三就不念了，托我姨妈去城里替我找事做，那样，我就可以养起米米来，给她读书、学琴，让她快乐长大。

姨妈叹息着："你才这么大点儿，能做什么呢，你母亲离开，其实就是想刺激你父亲，谁料到他还会那样……"又说，"你母亲那样心高的一个人，遇到爱情就傻了。当初嫁他，我们家就没一个人同意，结果一败涂地，弄得自己抬不起头来，只好去国外……"

电话费是要钱的。

"姨妈，"我打断她说，"对不起，如果方便的话，我想借五百块，学校里要交好些费用，家里的水费电费也是一次次地在催了。"

"我跟你姑父说说看吧，你们要理解，我也有一个家，最近想把你表哥送到国外。对了，你还画画吗？米米的钢琴学得怎么样，别人都说她很有天赋的哦，可惜你那父亲不争气，不然……"

话题自然而然地转到别的上面，我只好挂了电话。

那一次，是赵海生解了我们的燃眉之急，他用一大笔钱买走了父亲几十幅画，说是要把它们都带到北京去，卖给别的人。父亲兴致很高，他带着我们三人一起去镇上吃饭，点了一大桌子的菜，一定要请客，感谢赵老弟的知遇之恩。我和米米很快吃完了，谎称要做作业先回了家。路上，米米有些生气，她说父亲总是这样，有钱的时候从不去想没钱的时候该怎么过，他如果再不醒悟她就准备跟他大吵一架，等等。下了几天的雨终于停了，路还是有些不好走，月亮惨白地照在上面，我的心有些说不出来的慌，好像母亲走的前一夜。于是我抓紧了米米的手，我说："不想这些，开心点。有钱总是好事。"

"噢。"米米说，"姐姐你最好，什么事都往好里想。"

父亲那晚自然是酩酊大醉，赵海生扶他回来的时候已经是夜里十一点，米米睡着了，我们好不容易把父亲扶到床上，我低着头对赵海生说谢谢。他说不用，并给我一个地址和电话，让我定期寄父亲的画给他，说他会定期把钱寄过来。

我把那张名片小心地收在口袋里。

米米就在这个时候开始咳嗽，她咳得很厉害，脸色发紫。她已经很久没有这样子咳过了，我冲进去找药给她吃，可慌乱中我什么也找不到。赵海生已经从厨房里倒了开水来，他扶住米米，提醒我说："别急，别急，好好想想药在哪里。"

我还是没找到药，赵海生当机立断地把米米往背上一背说："走，我们去医院！"

那一天，赵海生背着米米跑了二十几分钟的路，我们才好不容易找到一辆车子，把米米送进了医院。医生说，我们要是再晚去五分钟，米米可能就没命了。

医生说这句话的时候，我就一直抖一直抖，抖得身子像一片落叶一样，站也站不住，赵海生在后面扶住我说："吉吉，没事的，你看现在不是没事了嘛。"

米米睡着了，我们坐在医院的长椅上等米米醒来。赵海生说："吉吉，我终于看出你和米米的不同来了。"

我知道他是在逗我说话，于是我配合他："哪里呢？"

"眉眼。"他说，"米米是个孩子，而你不是。"

我看着他："你是说我老吗？"

"噢。不是！"他慌忙解释说，"我是说，你和很多孩子不一样。"

"那就还是老呗。"

他笑："我说不过你。但我真不是那个意思。"

"谢谢你，赵叔叔。"我由衷地说，要不是他，我真不知道米米现在会怎么样。

"我有这么老吗？"他笑，"等米米病好了，你还得帮我一个忙。我得把那些画弄到邮局去寄掉它们，我没法把它们全带走。可是，我是明天中午的飞机，得一早赶到市里，我怕那时候邮局没有开门呢。"

"那我周末去帮你寄。"我说。

他递给我几百块钱。

"不用。"我摇摇头，"米米的医药费都是您垫的。"

"收好，吉吉。"他的语气不容置疑，"夏老师是我敬仰的老师，当年他在城中教美术，我贪玩，打破别人的头，是他拿钱替我给别人治病，我才没被我爸打断腿。"

我相信，父亲是这样子的人。

同时我也信，赵海生此番前来，不为父亲的画，只为报恩。

他走了，只随身带走一张画，是父亲画的《丫头》，画上是我和米米，我安静地坐着，米米在我身后，调皮地笑着。其他的画，我按他的要求寄到了他北京的家里。米米很快康复，兴许是赵海生的鼓励，父亲又开始作画，没日没夜，认定自己是天生的艺术家。但他的画我越来越看不懂，也越来越没人感兴趣。坐吃山空，我们很快又面临重复的窘境。我终于决定退学，到市里的一家宾馆做服务员。但我没干满一星期，就被我姨妈骂回了家，她说："你不能丢我们家族的脸，你问问，从上到下，谁干过这种下三滥的行当，你妈要是在世，也会再被你活活气死！"

"可是姨妈，"我说，"没饭吃也会饿死的。"

"先回家，我找你父亲谈谈。"那一次，姨妈和姨父一起把我护送回了家，他们把我父亲叫到镇上的小馆子里去谈事了。我坐在客厅里等米米放学，她推开门，看到我，离开我五天的米米，骨瘦如柴，眼睛又大又亮。她见了我，闷头闷脑地扑到我怀里，就死也不肯再松手。

"坏吉吉，臭吉吉。"她哽咽着说，"坏吉吉臭吉吉你不要我了。"

我替她擦掉眼泪，自己的眼泪却又掉了下来。我抱着她瘦弱的身子，发誓以后不管如何，我都不会再离开米米一步，绝不。

姨妈和姨父跟父亲的谈话好像起到了一点儿作用，一个月后，父亲在镇上的小学谋到了一份职业，干他的老本行，教美术，工资不高，但可以维持我们父女三人的生计。赵海生来电话，问我为什么没寄父亲的画给他，我谢谢他的好意，告诉他父亲已经找到工作了。他知道了我的情况，希望我能再回到学校去读书，并很快寄来了我和米米的学费，要求我按时写信向他汇报我们的学业。拿到这张汇款单的时候，父亲又喝醉了，他一次一次地把头往墙上撞，骂自己不是男人。第二天，他清醒过来，把我送到了学校继续读高中。

我的成绩一直一般，课余的时候，我喜欢给赵海生写信，说一些大大小小的事，他从不回，只是打电话。有时候三天两头一个，出差的时候，就半个月一个。等他的电话慢慢变成一件很快乐的事，就算不说什么，也很快乐。米米很乖，成绩在班里数一数二。赵海生从北京给她寄来一些特效药，她吃了后很少再发病。这样安安稳稳的日子又过了两年，我十七岁了，米米十五岁，她以全校最高分考上了市里最好的重点高中。父亲决定卖掉海边的房子，我们再回市里生活。

这个决定让米米兴奋极了，她喜欢城市，喜欢车水马龙的大街，喜欢一切小资的东西。她有她的理想，总是说："姐姐，我以后一定要让你过好日子。"可我的内心已经变得粗糙不堪，欲望渐渐隐藏，对未来郁郁寡欢，唯一的支撑就是希望有一天米米有条好出路。那年夏天我们搬回城里，在米米学校附近租了一间平房，我的成绩不好，只好插在一所普通中学读高三，高考是不太有希望的，读书只是一种寄托而已。父亲去了一所职业学校教美术，那所学校离家很远，他早出晚归，家里的事全落到我一个人头上。学校的伙食不好，有一次周末我没课，就去米米学校给她送午饭。到校门口的时候，忽然有男生把手搭到我肩上来，问我："夏米米，今天下午逃课去哪里玩？"

手拿饭盒的我吓了很大一跳，转头凶他："你干吗？"

他退后一步，恍然大悟地说："对不起，我认错人了，你不是夏米米。可是，你们真的很像。"

说完，他背着书包跑远了。

那晚米米回到家，我翻她的书包，翻出漫画书、口红、迪斯尼的手表，还有一管小小的香水。我看到她的脚上，穿着一双来路不明的名牌球鞋。

我把那些东西扔到地上，跑到院子里痛哭。

过了很久，米米挨过来，她从后面抱着我，柔软的身子贴着我说："姐姐，你不要怪我，那些男生都是自愿的。你要相信我，我是洁身自好的，我也不傻，不会随便让别人占了便宜去。"

我转过身，给了她一耳光。

那是我第一次，也是唯一一次打她。

米米并没有哭。她捂住脸，站直了身子，迎上来对我说："够不够，如果你觉得不解气，还可以打这一边。"

我绝望极了，没有想到有一天她会变得如此不要脸。

"我不会输给她们的。"米米大声喊，"别人有的，我都要有。夏吉吉你听明白了，别人没有的，我也要有！"

说完，她冲进了房间，把门关上了。

后来我才知道，米米从乡下再回到城里，一切都跟不上别人，在学校里被人歧视，所以才会有那样的转变。我这个做姐姐的，那一巴掌打得太武断了。米米为此一周没有理我，一周后，她开始主动跟我说话。她说："姐姐，这次模考，我考了全班第一。"

我哭得像个泪人儿一样。

那晚，我趴在床上给赵海生写信。

赵叔叔：

　　您好。当您收到这封信，夏天就完全地过去了。北京的秋天，会不会有点冷呢？

　　虽然这里一年四季都是差不多的温度，可我还是真希望，明年的夏天永远都不要再来，那些不开心的事，不会再重复。这次带来的好消息是，米米考了全班第一，爸爸第N次决定戒酒。而我，又长高了一厘米，学会了烧红烧鱼，下次您来做客，我就可以烧一桌子的菜给您吃了。您最近不用寄钱来了，因为爸爸的工作和心情都还算稳定，不用再麻烦您。

　　不过有件事很对不起，我的成绩还是那样的中不溜丢，我想我是肯定考不上大学的，您可以帮我在北京找个工作吗？我想去北京打工，不管做什么，都无所谓的，只要能挣到钱就可以了。这么多年，一直劳烦您，很不好意思，祝您工作顺利，爱情甜蜜！

吉吉

　　这是我第一次在信里向赵海生提要求，我把这封信拿在手里看了半天，觉得最后四个字看上去油嘴滑舌的，于是我就用涂改液把它涂掉了。涂掉后，整封信变得更加装腔作势，于是我就撕掉它重写。米米站在我身后说："又给那个姓赵的写信呢？"

　　我飞快转身："你何时开始偷看的？"

　　她掩嘴笑："祝爱情甜蜜……"

　　我的脸变得绯红。

"姐。"米米说，"你会不会爱上一个男生呢？"

我把撕得粉碎的信纸扔掉，去捂她的嘴，她躲开，嘻嘻地笑起来："姐你真保守，我们班每个人都谈恋爱。现在呀，人家都说，小学一年级才叫早恋，高三已经是黄昏恋啦。你再不找一个男朋友，就要成出土文物了。"

"夏米米！"我说，"你给我住嘴！"

"我知道你有喜欢的人。"米米跑到门边说，"你喜欢那个姓赵的，等高考结束，就去北京找他呗。他不就比你大十五岁吗，没关系哦。你好好考虑我的意见，我去看我们班男生踢足球啦，再见。"

她闪得飞快。

我蹲在地上拾起那些碎片，那封信，因为米米的玩笑话，我终于没有重写，当然也就没有寄出去。

我已经习惯流水账一般无味的生活，并且慢慢接受。每个人的人生肯定是不一样的，我和米米虽然来自同一个家庭，但注定会有不同的将来。如果我的平淡可以守护米米的精彩，我也觉得挺好。

天地良心，我真是这么想的。

02

再见到赵海生，又是夏天。

我没说错，夏天对我而言，总是多事。如预料中一样，我高考落榜。父亲忽然住进了医院，而米米的哮喘也复发，家里乱得一团糟。赵海生从天而降，租来的房子没装电话，他按照我信封上的地址找到我家，那时候我正在煮一锅粥，准备送到医院给父亲。透过木窗户看到他推开院子的门的一刹那，我拿着勺的手停在半空中，眼眶忽然就湿了。门很低，他弯腰进来，用熟悉的声音喊："请问是夏老师家吗？"

躺在床上的米米尖叫起来："夏吉吉，夏吉吉，你的赵叔叔来了哦。"

赵海生进屋来，拍拍米米的头说："难道我不是你的赵叔叔吗？"

米米咧着嘴笑。她的病已无大碍，但医生说要休息。

我给赵海生沏了一杯茶，问他："怎么忽然过来了？"

"出差，顺道来看看你们啊。"

我说："您坐会儿，我去医院给爸爸送饭去。"

"怎么，夏老师住院了吗？"他说，"我陪你一块去吧。"

医院离家不是很远，我们只需走过一条滨江路。夏天的太阳烤得所有的一切都蔫头耷脑，我穿了一条简单的白裙子，裙摆那里有些脏了，很碍眼很难看。赵海生就走在我身边，三年过去了，他好像一点儿也没变，剪一头好看的短发，穿白衬衫，用温和的嗓音问我："吉吉，怎么这么长时间没收到你的信呢？"

"我想你会很忙……"

"高考怎么样？"

"不好。"

"夏老师呢，他的病怎么样？"

"也不好。"我说。

"我来了。"他把手放到我肩上轻轻地拍了一下，"没事了。"

我忍了许久的眼泪一下子就飞溅出来，趁他不注意，我飞快地拭去了。

赵海生从我肩上移走的手，又放了上来。他握住我瘦弱的肩，像是要给我无穷的力量。我们在路边的一个小摊边停下来，他买了一把伞，又给我买了一瓶可乐，爱怜地对我说："要记得打伞，南方的阳光毒，你看你都晒黑了。"

我们到了医院，医生表情严肃，正在等我们。赵海生跟随医生去了办公室，十分钟后他回来，对我说："吉吉，你要有心理准备，夏老师是肝癌，晚期。"

我用掌心捂住脸，不让自己在他面前掉眼泪。但我最终还是熬不过灾难的苦痛，哭倒在他的怀里。他的怀抱，是我暂时的抵挡，唯一的选择。

父亲得知自己的病情后，只撑了十五天。这条人生的路，他走得太累，得知可以休息，仿佛放下心中大石，轻松吐掉最后一口气，撒手人寰。这期间赵海生一直陪着我们，父亲在学校是临时执教，不享受医保，我们家也根本没有积蓄，所有的钱，都是他花的。时隔三年，他忽然上门，好像就为了专门揽上这一大麻烦。米米还是没有哭，但她好像一夜间长大，睁着空洞的眼睛看着我们蹲在那里收拾父亲的遗物。

最多的还是画，一张又一张，我好像怎么收拾都收拾不完。米米跳起来，抱起它们，拿到院子里想烧掉。我冲上去拦住她，她朝我大喊："他们一个个都这样不负责任地走了，你还留着这些做什么？难道还指望它们能卖钱吗？"

"夏米米，你怎么这么没良心！"

"夏吉吉，我警告你，你不要乱骂人！"

赵海生过来拉开我们。

米米在画上狠狠踹了两脚，冲出门去。

那天晚上，米米没有回家。我和赵海生一直找，找到夜里十二点，也没有米米的消息。我不知道她会去哪里，如果再失去她……我不敢想象。赵海生安慰我说："没关系，米米那么大了，不是小孩子了，会注意自己安全的。"

"我不该跟她吵。"我说。

天空忽然又下起了雨，豆大的雨点滴落在院子里，赵海生赶紧把画往家里搬，我拦住他："算了。"

"这是你爸爸的心血。"他说。

"米米说得对。没有人需要它。"

"话不能这么说。"赵海生说，"留着它，会是最好的纪念。"

"可是，忘掉不是更好吗？"我点亮打火机，打火机的光照着他的眼睛，我无数次梦想过的黑白分明的让人安定的眼睛，我看着那双眼睛坚定地说，"我想要选择忘掉。"

说完，我点燃了那些画。

米米就在这时候出现在门口，她小小的身影，看着那片雨中的火光，失声痛哭。我奔过去拥抱她，雨越下越大，赵海生把我们拉回屋里，拿来毛巾递给我们，可我们只是哭，抱着哭。那是我生命里最漫长的一次痛哭，相信对于米米而言也是，我们用尽了全身的力气，流干了最后一滴泪水，最后虚脱地相拥而眠。

醒来的时候，天光大亮。赵海生没有走，他歪在外屋的那个破旧的椅子上睡着了。我看着他亲切的面孔发呆，他忽然睁开眼，吓我一大跳。我换了一件干净的衣服，是米米的，他一时分不清楚，所以没喊我的名字。

"醒了？"我问他。

"噢，是吉吉。"他说，"你们姐妹俩有时还真难分。不过一说话，我就知道了。"

"饿了吧，我去做早饭给您吃。"

"不用了。"他说。

我低下头："您要走了吗？"也实在不好意思再麻烦人家了。

"是啊。"他有些艰难地说，"北京那边，一直在催我回去。"

我努力给他一个微笑："您快回去吧，等米米考上北京的大学，我们一起去北京找您噢。"

"好。"他说，"我等着。"

说完，他从口袋里掏出一些钱来，放在桌子上。我走过去拿起它们，硬要塞回他手里。他解释说："吉吉你听好，这些是我借给你们的……"

"赵先生，请照顾我的自尊。"我说，"您已经借给我们太多了。"

米米也起床了，靠在门边，看着这一切。然后，她飞快地走过来，从赵海生的手里接过那些钱，优雅地说了声"谢谢"再退回门边去。

"我跟电信局申请了电话，这两天就会来装。我会打电话给你们。你们照顾好自己，不要让我担心。"赵海生说完，走了。

米米声音清脆地说："赵叔叔再见。"

院子的门关上了。

他走，如同他来，都是那么的突然。但米米手里的钱还是刺痛了我的眼睛。我跑到厨房里去，装作忙碌。米米跟过来，教育我说："姐，自尊有时候是最无用的东西。"

我呵斥她："闭嘴！"

"那个赵海生，他是心甘情愿的。"

我把手里的抹布扔到地上："我叫你闭嘴！"

"好的。"米米说，"现在就我们俩相依为命了，我会很乖的。"

夏天完全过去的时候，我在一家大超市谋到了一份收银的工作。我姨妈来买过一次东西，她已经不再需要家族的面子，因为她知道，这个时候要面子就一定要付出票子。我替她算完账，她拿走她的东西，我们只是微笑一下，亲人犹如路人，不知道九泉之下的母亲看到后会是大哭还是大笑。生命走到尽头，一切责任都会被卸下，冷眼旁观，是多么美妙的一件事。但我还不能卸下责任，我还有米米，米米是我的希望。

可是米米还是让我失望了。

那天下班时已经九点半。我走在回家的路上，遇到了几个小混混，他们对着我就是一顿拳打脚踢，那顿打来得太突然，我根本没明白是怎么回事就倒在了地上，然后感觉到脸上在流血，但不知道是哪里在流血。

"夏米米，限你三天内把钱还回来，不然有你好看的！"

我知道，他们认错人了。

我挣扎着回到家里，在水龙头下清洗伤口的时候米米回家了，我转头看她，她惊呼起来："姐，你怎么了？"

我用力推开她。

"我知道是谁干的，我去找他们算账！"米米往门外冲，我赶紧上去拦住她，她看着我脸上的伤，眼泪唰唰地往下掉。

我从牙缝里挤出一句话："如果你敢去，就永远不要再回这个家！"

米米扶我坐下，拿来毛巾替我擦拭脸上的血迹，哭着说："姐，对不起，都是我害了你，你痛不痛，我们去医院……"

"米米你老实告诉我，你到底做了什么？"

"有个男的约我出去玩，我偷了他的钱。谁知道他是黑社会的。姐，这回我麻烦大了，怎么办啊？"

"偷了多少？"

"一千多块。"

"钱呢？"

"请同学吃饭吃掉了。"米米趴在我大腿上哭诉，"姐，没有办法，我不想让别人瞧不起我！我跟他们撒谎，说我在北京有个有钱的干爸，我怕他们不信……"

"没事，米米。"我咬紧牙关安慰她，"你不要再犯错了，一千多块而已，我可以想到办法的。"

"姐。"米米说，"我真的很烦啊，不知道该怎么办才好。"

"好好读书。"我苍白地说，"可不可以呢？"

她朝着我用力地点点头。

我自然是没有什么办法可想，我每月的工资八百块，就算全预支回来，也不够米米还债，我真不知道她请人吃的是什么山珍海味，一下子可以吃掉这么多钱。或者她还有什么话没有跟我说，但我也没有力气去盘问她，只期待以后不要再出事就好。

第二天我下班回家，米米已经放学，在做作业了。她很久没有这么乖巧过了，不过唯一说得过去的还是她的成绩，她聪明，只需付出别人一半的精力，成绩就不会太难看。见我进门，她神秘地一笑说："刚才有人打过电话来。"

我心一跳。

家里的电话，除了米米的同学打，就是赵海生。

"你没乱讲什么吧？"我问她。

"没。"米米说，"厨房里有麦当劳的汉堡，你不用做晚饭了，我已经吃过。"

"你哪里来的钱？"

"有人愿意请的。"米米说，"求着我吃的，不吃白不吃。"

我看着窗外惨淡的月色，觉得就要晕过去。

我没有吃米米带回家的汉堡，而是自己煮了粥来吃。我喝粥的时候，米米走到我身边来，看着我，用教训的口气说："姐姐，这个世界是弱肉强食的，我们弱者，要用脑子战胜强者，不然，是不可能混下去的。"

"那是你的原则，而我有我的原则。"我说。

米米拿开我的碗，摊开我的手掌："姐姐，你信不信宿命？我替你看过了，你这双手不是干粗活的。我们夏家的人，都不是干粗活的，我们要高贵地活着，不管用什么样的手段，你明白吗？"

我看着米米——我心爱的妹妹，她是那么那么的陌生。

"姐姐，你还恨妈妈吗？"她问我。

我不知道如何作答。

"其实我早就不恨她了。"米米说，"如果我是她，我也会做出同样的选择，人不往高处走，这辈子没有活头。"

"可是，你也不能去偷！"

"姐姐你错了，我不是偷。"米米纠正我说，"他摸了我的手，这是他必须付出的代价。"

我惊讶地看着米米。

"你放心，他只是摸了我的手。"米米说，"我聪明的，不会让人家随便占了便宜。将来第一个吻我的男生，一定要是很帅很帅的，我看得上眼的。"

"可是，"我指着我脸上的伤无力地对她说，"你才只有十六岁，怎么保证这一切全都在你掌控之中？"

她沉默，过了好半天说："姐，我给你唱首歌吧。"

米米的旧钢琴坏了，有好几个键都发不出声音，可她坚持着每天都弹，残缺的调子。她用带有童音的歌喉轻轻地唱："大海不知道，弄潮的人啊，夏天过了秋天它不会再来，不会再来……"

这是妈妈爱唱的一首歌。我惊讶米米竟能完全记得它的歌词。一时兴起，我拿了纸笔替米米画画，穿白衬衫的少女，扎了辫子坐在钢琴前歌唱，天真却孤单的眼神。我随手画的，米米很喜欢，抢过去捧在手里欣赏良久。

"姐，你有没有想过当画家？"

"呵呵。"我说，"爸爸的教训还不够吗？"

"那你猜猜我的理想？"

"当明星？"

米米从小爱美，喜欢被万众瞩目。这一点我还是清楚的。

兴许是被我猜中，她嘿嘿地笑，表情竟有些羞涩。

那晚我睡不着，我想念赵海生，怀念他的手放在我肩上时的温热。我相信这个世上唯有他能救我于水深火热之中，但我没有米米那样的野心。我清楚我与他永远是两个世界的人，隔海相望，今生无缘，唯有放手，方可永恒。

03

可我最终还是成了赵海生的情人，在我迈向十九岁那年的春天。

米米闯的祸确实不小，几天后的一个晚上，几个男人神不知鬼不觉地闯进了我家，把我和米米从床上抓起来，绑住了手脚，还用胶布贴住了我们的嘴。

在这之前，我一直求他们，希望他们能放了米米，我告诉他们一切都是我做的，只要放了米米，让我做什么都可以。

但他们狰狞地笑着，动手动脚，根本就没有要放谁的意思。

随着可耻的响声，我的睡裙被撕裂，我闭上眼睛，天真地乞求这只是一场噩梦而已。就在千钧一发之际，有人敲门了。

敲门声越来越大，我听到赵海生的声音："米米，吉吉，快开门，是我！"

上帝保佑，他总是在我最需要的时候出现。

那帮歹徒越窗而逃。大约过了一分钟，赵海生从窗口爬了进来，他冷静地报了警，然后替我们松绑。我的睡衣变得很凌乱，样子狼狈极了，一时竟找不到我的外套，他脱下衣服，迅速地包住了我。

然后他说："吉吉没事了，我来了。"

"赵叔叔。"米米声音抖抖地说，"你就像孙悟空的一根毫毛，总能救命。"

"你给我闭嘴！"我大声骂米米。

米米哈哈大笑："你应该感谢我聪明，要不是我告诉赵叔叔我闯了大祸，我们今天就没命了！"

"是。"赵海生说，"我接了米米的电话，处理完手中的事就赶来了。还好，没出什么事，不然，我怎么跟夏老师交代！"

"他死了！"我说，"还交代什么！"

说完，我冲到客厅里，身后传来米米的声音："赵叔叔你别介意，我姐姐看来是受了刺激了。"

我当然是受刺激了，如果这样子的事情都不叫刺激，我不知道这个世界上还有什么更加刺激的事情。我穿着赵海生宽大的男式外套像困兽一样在屋里走来走去，放在地上的水瓶不慎被我撞翻，滚烫的热水流得一地都是。在米米的尖叫声中，赵海生冲过来，一把把我抱离地面，像扔皮球一样地把我扔在床上。

"好了！"他说，"你们都给我冷静，不然警察来了还以为是我要行凶杀人！"

我和米米都乖乖噤了声。

警察很快赶到，我们被带到警局录口供。米米很怕，她担心偷钱的事情会被发现，又担心学校会因此开除她，但我们小看了赵海生的本事。在警察调查完一切事情之前，赵海生就把我们姐妹俩带回了北京。余下的事情，交给了律师处理。飞机上，劫后余生的米米非常开心，但她强行压抑着自己，假模假样地在看她的英语书。我曾经想过，就让赵海生带走米米……但当然我知道这是不可能的，赵海生给我们姐妹如此大恩，也绝不是看在父亲当年帮他的那个小忙上。

也许我有些高估我自己的身价，但这点智慧，我还是有的。

到了北京，我才知道赵海生原来那么有钱。他把我和米米安置在一套新房里，替我们买了所有的生活用品，我万万没想到的是，墙上挂着的，竟是多年前父亲画的那幅《丫头》。赵海生问我："记得吗？"

我当然记得。

只是米米不记得，她嘻嘻笑着说："谁画的，这么像我和吉吉？"

她那么擅长遗忘，万事不必思考，我多么羡慕她。

晚上的时候，赵海生开车带我们去吃西餐。我吃不下，但米米胃口很好，她东张西望，像是想在一夜之间对北京了如指掌。

"你们安心住下。"赵海生说，"我已经让人给米米联系学校，很快可以去上学。"

"那我姐姐呢？"米米问。

"吉吉？"赵海生看着我说，"随她，她想读书也行，想工作也行，想玩也行。"

"那么好。"米米说，"真让人羡慕。"

我示意她闭嘴。

她听话地把嘴闭起来，专心地享受眼前的大餐。她的样子像极了母亲，家教良好，淑女风范十足，一切熟门熟路，像是自幼生长于上流社会。我则显得笨手笨脚，赵海生笑笑，把我的盘子端过去，替我切牛排。我连忙说："我自己来。"

他不许我动手，切好了才把盘子递给我，命令地说："吃完它！"

米米咪咪地笑。

西餐厅叫圣地亚。很好听的名字，很舒服的环境，但第一次去，我一点儿也没吃饱。因为紧张，出门的时候，还忘了拿我的外套。有侍应生追出来送给我，他长得真好看。米米和我挤在赵海生的后座，她兴奋极了，在我耳边轻喊："天哪，这就是北京啊，连服务生都这么帅！我真的要晕过去了。"

米米一向有帅哥综合征，就是见了帅哥后短时间内发呆发痴。她看着窗外的霓虹陷入沉思，不再发表任何评论，我也乐得清净。

虽然赵海生借我们住的房子有很多房间，但那晚，米米还是和我挤在一张床上。床很大很软，窗帘拉开，就可以看到满天的星星，米米嘻嘻笑着说："就像是做梦呢，姐姐。哗啦，一下子就掉进仙境里。"

她跟我真的有很大的不同，对这天上掉下来的一切并无不安。

"你安心读书吧。"我说，"我会去找事情做，不能这样子靠着别人活。"

"他是心甘情愿的！"

"你别这样讲！"

米米在我耳边大声喊："他就是心甘情愿的，他喜欢你，难道你看不出来吗？从他第一次到我们家，我就看出来啦！"

我把耳朵堵起来。

米米喊完，倒头就睡。

到北京的第一个夜晚，我彻夜未眠。我明白，我只是一个灰姑娘，捡到一双水晶鞋，十二点一过，王子公主都要离场，我还得回到脚踏实地的生活中。

在赵海生的帮助下，米米很快进了新学校读书，是贵族学校，但她比较争气，进校时以很好的成绩被分到优等班。赵海生给她买了部新手机，她用手机拍她穿着校服的样子，传到赵海生的手机里。赵海生给我看，教育我说："你要学习米米，快速适应新生活。"

"我不能像她那么不懂事。"我说，"赵先生，你对我们姐妹如此大恩，我真不知如何报答。"

"多见外。"他说。

我笑。

"放轻松些。"他说，"和米米比，你的心事太重。"

"我和米米是不一样的。"我说，"也许我没她识相。不是吗？"

此话我说出口，就知道说错了。赵海生起身告别，我送他出门，他连再见都没说就开车离去。我整日整夜地在翻报纸找工作，不停地去面试，赵海生当然明白我都做过些什么，不过并不阻拦，老谋深算的他等着我伤痕累累、碰壁回头，安心接受他所有的安排。

所以，那日走后，他多日不联系我。只有钟点工定时来做食物，替我打扫房间。但他去米米学校看过米米，给她买新衣服，送去很多吃的。除了冷落我，他把其他的这一切做得可圈可点，无可挑剔。

我很快在一家快餐店找到了工作。每天端盘子，快餐店生意很好，我累得手酸脚酸，有时候恨不得把双手双脚砍下来才觉得痛快。那个地方离我住的地方比较远，要换两次公交车。深夜寂寞的时候，我不是没有想过赵海生，但这种想念是不可告人的，我把它深深压在心底，时刻告诫自己认清自己。

米米当然不知道这些，她每个周末回来，吃很多的东西，叽叽喳喳说学校里发生的新鲜事，批评我的发型和穿着。从她的口中，我知道赵海生在南方出差，我是这样才可以得知他的近况，心里除了失落，竟有隐约的恨。

有一天，我从快餐店下班已经是深夜十一点，出门的时候，看到赵海生的车子等在外面。

他摇开窗户唤我："吉吉。"

我们已经近一个月没见面。那一刻我很恍惚，我以为他已经忘掉世间有我这个人的存在。

他向我招手，我没理他，独自往前走。

他的车跟上来，一直跟在我的后面。

我终于忍不住回头。他把车停在路边，伸长手替我打开了车门，我坐了上去。北京的夜，有一种让我恐慌的美，我缩在座位上，想把自己缩到看不见，内心跟自己做着无谓的挣扎。

他问我："你在快餐店干得开心吗？"

"嗯。"我说。

他笑："嗯是什么意思？"

我觉得他的笑里有讽刺的意味，心里就像忽然破了一个洞，本想用力扯回来，却越拉越大，不可收拾地失落。

"吉吉。"赵海生说，"这些天，是我特意留给你的，你感受一下生活，也不见得是坏事，但从明天起，你不许再去了。"

"可是……"

"没什么可是。"他说，"我已经联系好一家美院，你可以去做旁听生。我一直觉得，你在画画上比你父亲更有天赋。纸、笔、颜料、电脑，我都替你准备好了。"

"我不想画画。"我看着窗外说，"我讨厌画画。"

他慢悠悠地说："你听好了，你没有选择，必须画。"

我咬着牙问他："你凭什么管我？"

"你一定要知道吗？"

我说："嗯。"

他俯身过来，拉我入怀，不由分说地吻了我。

然后，在我狂乱的心跳声里，我听到他清晰而坚定的声音："吉吉，我爱你。"

我觉得自己像是淹进了海水里。小时候有一次去海边玩，掉到海水中的时候，就是那种感觉，我以为我已经死了，却又意外逢生。那一次，拉我起来的人是母亲，她拍拍窘迫而后怕的我说："吉吉，你要学会游泳，要知道，妈妈并不是每时每刻都能在你身边的。"赵海生亲吻我的时候，我第一次那么清晰地回忆起了母亲的脸，她是那么美，美得令人窒息，她在很远的地方用温柔的声音对我说："吉吉，这就是宿命。"

我认命地闭上了眼睛。

该来的总要来，该去的总要去。如果说我还有什么小小要求的话，那就是，来的时候，能不能慢一些些，去的时候，能不能快一点点呢。

在赵海生的安排下，我到了一所美术学院学画画，只是旁听，我不用考虑学分，画画没有压力，反而越见灵气。只是我不擅长交际，更不会推广自己。我的画，多半是画给自己看，甚至懒得把它们贴到网上。

大学生活只是掩人耳目，我真正的身份是赵海生的情人。他很宠我，不停地给我钱，给我买礼物，我没有拒绝，但我总是把它们统统收起来，除了陪他出去吃饭，我都穿自己简单的衣服。对于赵海生来讲，这无疑是一件让他不痛快的事，但这是我的底线，无论如何要保守的东西。也不是没有男生追我，除了情书，还有人跟在我后面吹口哨唱情歌。但我长期冷漠，别人自然渐渐失去兴趣。这个世界仙女太多，不是非我一个不可。更何况，我从来就没把自己当成仙女过。

画画之余，我最大的爱好是做饭。我喜欢做饭，喜欢看赵海生或是米米狼吞虎咽地吃下它们。米米每个周末回来住，赵海生每个周末回去住。所以很长的时间里，米米并不知道我和赵海生的关系。直到有一次，她回来得较早，想给我一个惊喜，结果推开门的时候，看到赵海生在吻我。

我们慌乱地分开，米米并没有尖叫，她吐了一下舌头，冷静地把门替我们关上了。

赵海生多少有些尴尬,他拍拍我说:"没事,她迟早会知道的。"

我还是觉得很不安,催促他快走。赵海生走的时候,米米坐在沙发上看电视,很轻快地说:"赵叔叔再见!哦,不对,姐夫再见哦!"

赵海生回头笑了一下,把门关上,走了。我扑过去,要揍她,她从沙发上跳起来,我们姐妹俩在客厅里追了老半天。我终于逮住了她,我命令她说:"以后不许乱叫,听到没有?"

"是是是。"她说,然后,开始拼命地咳嗽。我吓得要命,赶紧放开她:"你怎么样,没事吧?"

她忽然哈哈大笑起来:"我骗你的,没事啦。"又圈住我,低声问,"姐,赵海生对你好不好?"

"嗯。"我说。

她继续问:"你可甘愿?"

我看着她,她吐吐舌头,拖长了声音说:"赵海生嘛,也算是个好男人,可是,我不会喜欢他那种。实在是太老啦,我喜欢的男生,一定要是很阳光、很帅气、很会说话,还要有点跩跩的那种哦。"

"有了吗?"我问她。

"没有。"她摇摇头,"我们学校的男生,我一个都看不上。"

我拍拍胸口,暗自觉得庆幸,米米不适合恋爱,按她的脾气,要是爱起来,肯定是天翻地覆什么也不管的那种。

"姐姐。"米米说,"他们都说,我的病随时可能会死掉。"

"瞎说!"我捂住她的嘴,"谁这么胡说八道,我非揍他不可!"

"姐姐,我不会死的。"米米说,"我要是死了,留下你一个人,我怎么会安心呢。要是赵海生对你不好,也不会有人替你出气,对不对？"

"别胡说八道胡思乱想了！"我推开她，"饿了吧，我去弄点吃的给你！"

"姐姐，"米米说，"你等一等，我有件事想告诉你呢。"

"嗯？"

"你保证不生气我才说。"

"说吧，我保证。"

"我不想参加高考了。"

"为啥？"我急得差点跳起来。

"都说了不生气的。"她把嘴嘟起来，"你再这样，我怎么敢继续说下去呢？"

在米米继续说话之前，我已经在大脑里做了无数的猜测，很多个念头在我心里上下跳跃、翻滚，但都远不及米米说出来的话让我震惊。

她说："我想去唱歌。"

在我呆若木鸡的表情里，她赶紧解释说："姐，不是在酒吧、夜总会那些地方当歌手的啦。我是说，去当歌星，当明星的那种。"

吓我一跳，谈何容易！我只当她痴人说梦！

我把一颗就要跳出来的心脏强行按回去，到厨房里去做饭，做得差不多的时候米米溜进来对我说："姐姐，借我点钱。"

"你要做什么？"

"去参赛。"她说，"歌唱比赛，我需要买服装什么的。"

"你疯了。"我说，"吃完饭给我好好做作业去！"

　　她很不开心的样子，一碗饭扒拉了半个多小时，但我不能这样子顺着她。米米是有美好前途的人，我必须要让她有美好的前途，她怎么可能去当什么歌手？

　　"姐，"米米问我，"你为啥画画？"

　　我咬着筷子，想了半天答："挣钱。"

　　"嗯。"米米说，"这是个很有力的理由。"

　　我堵住她的口："但你不用挣钱，我以后可以养活你。"

　　她的情绪看来好转了，很乖地点头，冲我做鬼脸。

　　但我没想到，米米还是去上海参赛了，出钱资助她的人，是赵海生。

　　我知道一切的时候已经晚了，米米在机场给我打来电话让我千万莫生气等她凯旋，随即就关了机。我赶到赵海生的办公室，那是我第一次去他的公司，我在公交车上捏紧了拳头想，我一定要当面告诉他，他也许有权决定我的一切，但米米的将来他却不能决定，他无权，无权！路上很堵，公交车摇了半天才到站。我赶到他公司楼下的时候他已经下班，带一个女人正在上车。

　　"噢，吉吉。"他神色稍有不自然，"你怎么来了？"随即指着旁边的美女对我说，"我太太。"

　　原来他有太太。

　　我喘着气："米米……"忽然就失语。

　　"米米有她的理想，你为什么不让她去试一试？"赵海生微笑着说，"你放心，我派了人陪她去，保证她安全回来。"

　　"为什么不告诉我？"我问他。

"对不起，吉吉。"他说，"这是米米的意思，我要尊重她。"

我们说话时，赵海生美丽的太太一直在微笑。

我转身就跑，他没有跟上来。我拦了一辆出租车回家，收拾好我的东西，准备离开。我知道赵海生没做错什么，他有太太，我早该想得到，他为米米做这一切，无非也是为了我。但我不想接受这个事实，也不想领这个情。他没有错，一切的耻辱都是我给自己的，我感觉自己像一根绷紧的弦，就差断的那一刻。我只知道，我必须走，无论如何，走掉，永远不再回头。

我把箱子合起来的时候门打开了。

我不用回头，也知道是赵海生。

他快步走过来，从后面圈住我，问我："吉吉，你要去哪儿？"

我不说话，眼泪吧嗒吧嗒往下掉。

"你走不掉的。"他把我的身子扳过去，逼我面对着他。

"看着我的眼睛。"他命令我。

我不敢，却只能与他对视。

"你是我的女人，"他说，"从你十四岁那年起，你就应该明白，你今生今世只属于我一个人，无论你走到哪里，我都会把你找回来，不然，你可以试试的。"

我拼命掉眼泪，恨透了自己的沉溺，却没法挣脱那个怀抱。人世间苦痛太多，那是我十四岁时滋生的温暖的依赖，十七岁时夜夜最美的思念，十九岁时找到的唯一可以遮风挡雨的地方，我又怎忍放弃！

更何况，我早已经是没有了翅膀的鸽子，怎么还可以飞翔呢？

那晚，我画了一幅画，一只被剪掉翅膀的鸟，长了一张少女的面孔。我很喜欢，所以把它拍成照片，存进电脑里。赵海生走近电脑的时候，我飞快地关掉了屏幕。我知道，他不会喜欢看到这些。但他握住我的手，用鼠标重新点开了它。在我沉重的呼吸声里，他一直在研究那幅画，我试图解释，可我张不开嘴，在他面前，沉默一向是我最有用的武器。

"很好。"他说，"吉吉你确实是个天才。"

我慌乱地站起身来："我去给你泡杯茶。"

"不用。"他把我按到椅子上，俯下身来，看着我的眼睛说，"记住，我不喜欢你有翅膀，你这样自动自觉，我很满意。"

米米的电话就是这个时候打来的，她的电话打到赵海生的手机上："姐夫，我进了复赛，我要在这里继续待下去，想去恶补一下舞蹈……"

米米的声音很大，我听得一清二楚。

赵海生笑着跟她说："恭喜你啊，米米，我就知道你行。不是让你有什么事都跟文姐说吗，她会替你安排好一切的，你只管找她。你要的钢琴已经买好了，过两天就送到家里来，对啊，是你喜欢的那一款……"

我的耳朵嗡嗡乱响。

赵海生接完电话，温柔地抱起我，在我耳边温柔地说："亲爱的，你需要休息，明天再画吧。"

我继续着我的涂抹，用力地，不停止地。浓烈的色彩泄露出我内心强烈的不满。

　　"我跟她已经分居了，只欠手续。"赵海生轻声说，"你不要乱想，我是爱你的，吉吉，你是我唯一爱的女人。"

　　"噢。"我无力地答。

　　只是，除了相信，我还有什么别的选择吗？

04

第二天，我下了很大的决心，终于决定去推销我的画。

那是一间不大的画廊，就在我们学校的旁边，画廊的名字叫
"最初"。

小小的典雅古朴的两个字，挂在那里，不经意你都会看不见。
我抱着我的画站在那里，不知道该如何开口。

终于有个小姑娘走出来问我："要买画吗？这里的画都是美院
的学生们画的，又好看，又便宜。挑一挑吧。"

"不是。"我说，"我想来卖画。"

她把我手里的画拿过去，端详了一阵，摇摇头说："你这种类
型的画，怕是不好卖啊。来这里买画的人都是学生，送男女朋友，
要浪漫一些比较好呢。"

我的那幅画，我叫它《一只不会飞的鸟》。不美的少女，鸟
的身子，红唇似血，黑发如瀑，插一朵淡白的菊，她抬头看着诡异

的夜空，眼神里是绝望的孤单。

倒也是，这样的画，我怎么能指望有人欣赏呢。

我正要从她手里收走我的画，另一只手从我的头顶上拿走了它。

"我买了。"取走画的人说，"请问多少钱？"

我抬头看，拿着我画的人是个男生，高高的个子，很黑的眉毛，戴了顶鸭舌帽，冲我坏坏地笑着。我觉得我仿佛在哪里见过他，但一时想不起来了，于是呆在那里。

"请问多少钱？"他再次问。

"噢。"我有些慌乱地说，"您看着给吧。"

"一块钱够吗？"他扬起眉毛问我。

这真是个"不错"的价格。不过想想，有知己也不错，总比被人丢到垃圾堆里好。于是我鬼使神差地点了点头。

他有些吃惊地看着我。像是怕我后悔似的，飞快地从口袋里掏出一枚硬币，递过来给我。我摊开手心，那枚硬币掉进来，晶亮的，在手心里跳一下，不动了。

"谢谢噢。"男生好像很开心，他拿起画，吹了一声口哨，跟我挥挥手，走掉了。

就这样，如做梦一般，我卖掉了我的第一幅画，挣了一块钱，连画纸钱都没收回来。

画廊的小姑娘看着这一幕，忍不住笑了，将信将疑地问我："你还有画吗，是不是都卖一块钱？"

"今天没了。"我说。

"那你明天来吗？"

我耸耸肩说："今天特价。"

"喂！"她追出来，"下次把画拿来我替你卖啊，你自己标价好啦，我们这里只收手续费，很划算的。"

"好啊。"我挥手跟她再见。

她也朝我挥手，表情奇特。也许是长这么大从没见过像我这样的傻瓜吧。

那晚我躺在床上，捏着那枚硬币，想那个强行买走我画的奇怪的男生，我真的好像在哪里见过他，真的。但我也真的是想不起来了。我在一张纸上画他的模样，那张脸在笔下越变越清晰，吓得我赶快用笔把它涂掉了。

涂完后，我又忍不住再画，一张脸在我的笔下死而复生。我决定用很长的时间，去完成一幅自己最想画的作品。赵海生从后面环住我，问我说："在画什么呢？"

"没。"我说。

"呵呵。"他说，"吉吉你最近是不是有什么心事？"

他总是这样，除了控制我的人，还试图控制我的思想。我感到一种无法抵制的厌倦从心底升起来，像幼时吃过的棉花糖，中看不中吃，腻腻地绕了一圈又一圈，于是我放下画笔说："困了，我要睡了。"

"你先睡吧。"他拿起他的外套说，"我要出去，今晚还有应酬。"

我从不关心他的应酬。他不回来的夜晚，对我而言更是轻松。他有钱，身边当然美女如云。我能在他的世界里占有一席之地，从而在整个世界占有一席之地安逸地生存，怎么讲也算是一件幸运的事吧。

我把那枚带有体温的硬币塞到枕头底下，愿意相信它是一枚幸运之币，或许我的生活会因此而有转机，新世界面对我"哗"的一下拉开窗户，此夏吉吉从此非彼夏吉吉。

呵呵。

周末的时候，米米来看我。她给我带来了两样礼物：一是她的获奖证书，二是一大包的钱，是现金，一万块。

"我在比赛中拿了季军，当初广告上说是三万的奖金，到手只有一万，不过我已经很满足。"米米说，"姐，我一分钱都不花，全留给你存起来。"

"你买衣服穿吧。"我说，"你都是明星了，要穿漂亮些。"

"不用啦，姐夫都让人替我买好啦。我发过誓，生平挣的第一笔钱，一定是全部交给我最最亲爱的姐姐。"

她说完，把钱塞到我手里，再抱住我。然后她的眼角就扫到了放在屋内的新钢琴，她尖声叫起来，人几乎是飞到钢琴的边上，轻轻抚摸着它，用梦呓一样的声音问我："姐，这是我的吗？"

"是赵海生让人送来的。"我说。

米米坐下，小心翼翼地打开琴盖，手指触碰琴键，音乐先是迟疑的，很快就开始变得流畅。我走到她身边，看着她兴奋而激动的小脸，愉悦而灵巧的手指，我的心开始对自己投降，我对自己说："这一切，都是值得的。"

米米走红，真的是在一夜之间。

她在那次歌手大赛中得的是季军，不过冠军和亚军均没她好运，借着超常的人气，她很快推出自己的个人专辑，成为歌坛炙手可热的新一代小天后。我从报上看到关于她的新闻："出身富贵人家，三岁学琴，五岁练舞，七岁第一次登台演出，十岁随母亲出国深造……"

扯淡。

赵海生笑着对我说："这些只为宣传需要，你无须放在心上。"

但米米开始很忙，我见不到她，给她打电话，竟是别人接的："对不起，夏小姐在接受记者采访，有事你留言给我，我会转告她。"

我愤愤地摔了电话，内心当然介意。她的新碟发布会我没去参加，赵海生倒是去了，带回她的唱片和 MTV 给我，我装作不感兴趣地丢到一边。深夜的时候却还是忍不住爬起来看，我是在电脑上看的，怕吵到赵海生，因此戴了耳机。米米的确很有天赋，歌唱得可圈可点，大部分歌讨小姑娘喜欢，唱唱跳跳。唯有一首慢歌很怀旧，她穿复古的服装，扎着两只小辫子，化了妆，样子像极了记忆中的母亲，轻轻吟唱："沧海变了桑田，春花惹了秋月，心事掉进尘埃，这场梦到底该还是不该……"

米米眼里的忧伤让我震撼，这不是一首小姑娘唱的歌。

"不睡？"赵海生忽然出现在我身后，吓我一跳。

他给我披上一件衣服，叮嘱我说："小心着凉。"但也被画面上的米米吸引住了，眼睛也盯牢了电脑。

"米米是天生的艺人。"赵海生评价说。

"但不一定非要唱歌。"我说。

他笑，转开话题："你和米米，长得不像夏老师。"

"是，我们像母亲。"

"哦。"赵海生说，"你母亲是什么样子的人？"

"她离开的时候我还小，不记得了。"

"唉。"他仿似在叹息。

这是赵海生第一次问到我的家事，不过还好他没有继续追问下去，比如我母亲是做什么的，为什么要离开父亲又为什么会死掉。对我而言，不管过去多少时日，这些回忆总是难堪。

赵海生回到床上，很快又睡着，呼吸均匀，神情安详。我用手指轻轻滑过他的脸，他转过头，继续安睡。不知道他对我，有什么样的事是难以启齿的，我悲伤地想，我们终究是陌生人。看似相依，却始终奔波于两条不同的轨道。不知道他心里会不会偶尔也失落，还是只有吃定我的安稳和满足。在爱的面具下，生命充满假象，只是每人面对假象的态度不同罢了！

那晚我始终睡不着，于是跑到阳台上去抽烟，因为赵海生不喜欢抽烟的女人，所以我从不当着他的面抽。阳台放着小小的书柜和茶几，还有一把舒适的椅子，这是我的角落，也感谢他几乎不来。抽完烟后，仍无睡意，于是我上了线，想去了解一下米米的近况。我到百度上输入"夏米米"三个字，果然有很多她的新闻，她在各地开小型歌友会，代言某款手表，看望西部失学儿童，日子过得有声有色……

我的米米，不知道她现在是否真的幸福。

我们来自同一个家，现在正走向两个不同的方向，我知道，就算现在是兵分两路，我也会拼了命和她殊途同归。

这是必须。

05

栀子花开的时候，我闻到夏天的味道。

我知道会有事情发生。但我已经懒得去猜想，兵来将挡，水来土掩，我愿意摆出一副和"灾难"随时对抗的姿态，起码让自己看起来不是那么软弱。

有天晚上，赵海生没回来，我画了一整夜的画，清晨的时候我才睡去。也许是太困了，竟一下子睡到了下午一点，是赵海生把我喊醒的，他问我："今天不用上学吗？"

"不用，"我揉揉眼睛说，"昨天睡晚了。"

"又是画画吗？"他问。

"嗯。"我说。

"我不喜欢你这样。"他说，"对身体不好。"

"对不起。"

"快起来吃点东西。"

"我不饿。"

"没听到我说什么吗？"他大声问我。

"知道了。"我说。

"夏天来了，你要多些运动，不要整天就窝在家里。你看你，脸色越来越苍白，让人看了多担心。"

"知道了。"

"我给你办了健身卡，明天会有专人送过来。"

我懒得表示反对，因为我知道，反对是没有任何作用的。我看着桌上的画，那张我花了好多个夜晚完成的画，画上的他是真实的，和夜的海融合得天衣无缝。这应该是我目前最满意的作品。

"你的作业？"赵海生的眼光也被那幅画吸引。

"噢。"我试图用身体挡住它。他却拿起它认真地看起来。

"进步很大啊。"他说，"这个男孩子是谁？"

"不是谁啦。"我赶紧说，"虚构的而已。"

"挺帅呵。"他笑。

我把画抢回来，放到了阳台的墙角。

的确是没什么胃口，所以我热了粥来喝，并顺便给赵海生煮了咖啡。我把咖啡递给他的时候，他的电话忽然响了，我能清楚地听到，那边是个女人的声音。他接完电话后就匆匆地出了门。我问他："晚上回来吃饭吗？"

他说："等我电话吧。"

"好。"我微笑着说，"开车慢些。"

他爱怜地摸了摸我的长发，走了。

一小时后我接到米米的电话，她在电话里大喊大叫说："姐，我看到赵海生在泡妞！"

我没吱声。

"我当着那妞的面喊了他一声姐夫。"米米得意地说，"他脸色都白了，哈哈哈。"

"米米。"我说，"以后别这样。"

"姐，我告诉你，谁欺负你我都不会放过他的，管他赵海生李海生还是张海生，我都跟他们没完！"

"我叫你以后不许这样！"我喊完，摔了电话。

那晚赵海生回来得很晚，我装作睡着了。第二天一早，他还没醒，我就去了学校。再见面的时候，他没提那件事，我当然更不会提。现实把我们两人的演技逼得日渐成熟。或许这才是爱情最真实的一面，从热情到冷淡，从绚丽到平静，从忠实到背叛，它不断地改变着模样。你痛苦是因为你不能接受，而你一旦接受，就不会再痛苦。

还好，我有不错的接受能力。

当然也有好消息，我的画在"最初"开始畅销，甚至有些"供不应求"。画廊的小姑娘告诉我，大家都觉得我的画很特别，希望我能画得越多越好。甚至有家杂志社的编辑看了我的画后千方百计地找到我，让我给他们的杂志画一些插画。条件不是很好，不过我统统接过来画，只要能挣钱，多费点精力对我来说不算什么。我常常想起那个用一枚硬币买走我第一幅画的男生，我觉得我应该要好好谢谢他。只可惜人海茫茫，他闪过一道小小光，便从此消失不见。

我用挣来的钱给赵海生买了一件新衬衫，白色的，像我第一次见他时他穿的那件。这是我第一次送他礼物，他有些不习惯，但欣然接受。第二天清晨他穿着它上班，我送他出门，他亲吻我面颊跟我说再见，我的内心升起久违的甜蜜感。赵海生带给我的安全感一直大于甜蜜感，我弄不明白这到底是爱情的优点还是缺陷。但我一直是个没有安全感的小孩子，总感觉前面有个大陷阱时刻在等着自己跳进去，所以，我离不开赵海生。

终于又见到米米，她进屋就死死地抱住我："姐，你打我骂我都行，我想死你啦。"

"一边去！"我说。

她忽然就流泪，眼泪如滔滔江水，带着哭腔说："你不要我，我怎么办？"

"你不还有万千 Fans 吗？"我说。

"但我只有一个姐姐。"她说，"我努力做这一切，只想做给你看，你是我唯一的亲人，你要明白我的苦心！"

"拉倒吧。"我推开她，她又贴过来，抱住我不放。眼泪把我的衣服都弄湿了。

我看着窗外的车子，问她："你还要走？"

她点头："我只有一小时，晚上有很重要的颁奖典礼，你应该恭喜我，我拿了最佳新人奖。"

"走吧。"我尽量心平气和地说，"有空再回来。"

"我知道你生我气。"她说，"你答应不生气，我才会安心。"

"那就喝杯咖啡再走吧。"我说完，起身到厨房替她煮咖啡。

因为赵海生喜欢喝咖啡，所以煮咖啡慢慢变成我擅长的一件事，米米走到厨房的玻璃拉门边，问我："你和赵海生咋样了？"

"就这样。"我说。

她嘻嘻地笑："找个帅哥谈恋爱，踢掉他。"

米米胡说完，开始咳嗽，她已经很久不发病，一开始我以为她又是装的，想故意让我心疼。但很快我就发现是真的，她喘得非常厉害，人已经站不稳，我赶紧上去扶住她。她倒在我身上，指着她的包。

我把她放到沙发上，从包里翻出药给她。她吃了药，但并不见有多大的好转，我决定送她去医院。她不肯，说是休息一下就会好，晚上的颁奖典礼很重要，不能不去……

她话还没说完，人已经晕了过去。

医院里，我第一次见到米米的经纪人。她姓文，一个看上去冷冰冰的干练女人。他们商量着要给米米打一种什么针，让她可以支撑着去参加晚上的颁奖典礼。

"绝不可能！"我黑着一张脸说，"谁也别想动米米。"

文姐看着我说："你是吉吉吧？"

"是。"我说。

"她常谈到你。"文姐说，"你是她最亲密的人。"

"知道就好。"我说。

"别对我有敌意。"文姐说，"我是海生的表妹。你和米米，果然长得很像。"

我大惊。

看来有很多的事情我都不清楚，赵海生在米米的成功后面，到底扮演了什么样的角色？

医生的结论很简单，米米的病是过度劳累所以复发，她需要休息。文姐对着赵海生搓手："这个奖对米米很重要，要是不去领，视为主动放弃。更何况，我们在现场已经组织了数百位歌迷捧场，老板那里也很难交代……"

赵海生给她做手势，示意她住嘴。

我做好心理准备，不管谁想带走米米，我都跟他拼命。

时针已经指到晚上六点。我走到米米的病床边，她犹在熟睡，还没醒来，一张小脸依然苍白。我的心很疼，恨不得抽自己的耳光，是我的错，明明知道她的病，就不该让她如此放任自己。在薄且脆的生命面前，一切繁华皆是过眼烟云。

我的心百转千回的时候，她忽然睁开眼，看着我，笑。见她醒了，大家一起围上来。米米却说："我想跟姐姐单独聊聊。"

赵海生让所有人都出去，门关起来了。我伸出手触摸她的脸："怎么样？感觉好一些了吗？"

"姐。"米米说，"对不起，让你担心了。"

我用尽量轻松的语气跟她说："那就快给我好起来。"

"遵命！"她稍有力气就胡说八道，"只是不知道下一次，会不会就这样死掉？"

我还是老一套，捂住她的嘴，她把我的手拉开，轻喘着气对我说："姐，你是不是瞧不起我，觉得我这个人很虚荣，在乎名利、地位、金钱什么的？"

"别说了。"我说，"病好了再讲这些。"

"让我说！"米米压低了声音，"你听我说，我一定要挣到很多很多的钱，我再也不想回到过去过那种贫穷的生活。姐，再给我两年时间，最多两年，我挣足了钱，去过我们想过的日子。我心里很明白，赵海生是个老头子了，又那么花心，你怎么可能会喜欢他，你所受的这些委屈，都是为了我……"

我再次捂住了她的嘴，捂得紧紧的，不准她发声。她的眼泪却顺着脸颊流了下来，一直流到我的手掌心里。

"姐。"米米的眼睛里忽然放出光来，"你跟我长得这么像，你去替我领奖好吗，不会有人看得出来的！"

"开什么国际玩笑！"我说。

"求你。"她低声下气。

我摇头。米米站在云端太久，能脚踏实地下来几天，对她未必是坏事。

深知说服我是一件不容易的事，米米扭过头去，不再理我。那一次，米米在医院里住了一星期，痛失了最佳新人奖。

她一个星期都没有说话，也拒绝看电视和报纸，出院后，她没有来见我，而是让文姐来家里，拿走了她所有的衣物。她用这种方式，来惩罚我没有对她百依百顺。

我们太相亲相爱，所以容不得对方任何的错。

如果这就是姐妹一场的结局，我不知道我要用多长的时间才能够接受。那些天我一直埋头画画，像当年的父亲一般愚蠢而执着，有时候画到半夜两三点，赵海生把我从电脑边硬生生地拖开，拖到卫生间里替我洗澡，他用很烫的热水冲我，试图让我从那样的自虐中清醒过来，然后把我抱上床，逼我睡觉。

我顺从地躺在他的怀里。

但我知道我终究会离开，像米米一样不留余地。

06

米米的迅速走红给我的生活带来了巨大的困扰。

无论是在学校，还是在街头，我常常被人拦下来要求签名。有时候要说半天，才能让他们相信我确实不是夏米米，看着他们将信将疑地带着遗憾离去。

趁着赵海生去上海出差，我去烫了头发。

为了配我的新发型，我又去买了一件淡蓝色小花的旗袍。新形象让我有相对不错的心情，加上天气不错，我决定去看一场一直想看的画展。来北京这么长时间，除了上学，我很少独自出门。所以北京对我而言，始终是一个陌生的城市。步行穿过王府井大街的时候，我在一家酒店门口看到了赵海生的车，他不在车里，车内坐着一个很漂亮的时髦女孩。

我想逃离，但脚下却犹如生了根。

三分钟后我看到赵海生从酒店出来，他拎了一个不大的黑色旅行包，把它扔到后备厢。然后他拉开车门坐了进去。女孩子笑嘻嘻地凑过去，他吻了她。

车子很快开走了。空气里扬起细微的灰尘，刺痛了我的眼睛。

我还是去看了画展，从头到尾，看得细致入微。那是一个我喜欢的画家，和我父亲一样的年纪，我父亲曾经在我面前数次提到他的画。那时候的我认为他的画非常一般，但现在的我渐渐懂得欣赏，有过故事的画者，才懂得在图画里融入生命的滋味。父亲去世后我从来都没有如此怀念过他，我想起烧掉他作品的那个雨夜，心像被撕裂一般痛楚。那时候的我自以为是，以为往事可以随着火光消失殆尽，再也不用留任何痕迹。却不知留在心里的伤痕是长存的，新伤覆旧伤，盖不及，修不好，唯有勇敢是自救武器。

我当然不会倒下。

我很平静地过了两天，两天后，赵海生回到了家里。我正在厨房里做饭，三菜一汤，我并不知道他要回来，这么做只是为了慰劳我自己。

我喜欢我的蓝色小花的旗袍，所以做饭时也没换下它。

赵海生一进屋，看着我就呆了。

我等着他质问我的发型，还有衣着。谁知道他只是问："在哪儿买的这件衣服？"

我问他："我是不是老了五岁？"

他放下行李，走近，拥住我，不说话。他从来都没有用这种方式拥抱过我，若有若无，却直抵心之深处。我把耳朵贴在他的胸口，听到他叹气，然后他用一种很坚定的语气说道："吉吉，我们结婚吧。"

我推开他，差不多是跳了起来。

他重新抓我入怀："怎么，你不愿意吗？"

我只是摇头。

"为什么拒绝？"他红着眼睛看着我，从未有过的失态。

我真弄不明白他，刚和美女度假归来，怎么就可以如此深情地跟另一个女人求婚。我抬起脸来问他："什么是真正的爱情？"

他笑："如果说得清，那就不是爱情。"

原来这个世界上还有赵海生说不清楚的东西。

"年底。"他依旧自说自话，"我们结婚。"

"不。"我说。

"我会买新房子，你可以抽空研究一下你喜欢的家具。"

"不。"我又说。

他只当我矫情，闻了闻桌上的菜，拍拍手在餐桌旁坐下说："米饭的伺候，我饿了。"

"洗手去。"我说。

他站起身来："遵命，媳妇。"

整顿饭，他的眼光一直在我身上流连，还是那个老问题："在哪儿买的这件衣服？"看来对衣服的兴趣远远超过对我的。

"小店。"我说。

"我见过一件差不多的。"他说。

"是，这衣服很普通。"

"那要看穿在谁身上。"

我不理会他的吹捧，收拾了碗筷到厨房里去洗，顺便给他煮咖啡。咖啡香味飘出来的时候，他进了厨房，从后面环住我，问我："我不在家，想我没？"

我"嗯"了一声。

他继续要跟我亲热。我推开了他，他有些不悦。

我赶紧说："咖啡好了。我把这边收拾好，你先出去吧，别在这里添乱。"

他出去了，我发现自己端咖啡壶的手在发抖。我没有办法完完全全做到若无其事，在我亲眼看见他的唇吻向别的女人的脸颊以后。

那晚，我终究拒绝了兴致勃勃的他，他摔门而去，一整天没有回来，也没有一个电话。也好，我用了一整天来思考"离开"这个词，离开后，我将去哪里，过什么样的日子。可是，在我的思考还不够成熟的时候，文姐敲开了我的门，这回她带来的消息更是惊人——米米失踪了。

我问："什么叫失踪？"

"从昨晚起到现在一直没消息，电话关机。"她一面说一面在我房间里东张西望。

"你别找了，她不在这里。"我说，"到底怎么回事？"

"我之前与她有过争论。"

"因为什么？"

"因为钱。"文姐说，"过两天有场重要的演唱会，她不满意公司给她的报酬。但你也知道，合约是之前签订的，这一切我没法改变。"

"米米到底能挣多少？"我问她。

"她拿小头，大头是公司的。"文姐说，"你知道，捧红一个新人不容易，公司的投入也很大的。"

我从没问过米米这些，她签约的时候已经年满十八周岁。在这方面，米米一向比我聪明，所以我并不担心她会吃亏，但看来，事实并不是我想象中的那样。

"合约到底是什么样的？"

"你真什么都不知道吗？"她不相信地看着我。

"是。"我说，等待她给我答案。

她却说："算了，现在说这些都没用，找回米米才是正事，演唱会就要举行了，如果违约，要赔很多钱。不是开玩笑的事。她跟你最亲密，不可能不给你消息。"

"如果她是故意失踪，谁也没办法。"我没好气地说。

"也有人怀疑米米的失踪跟蒋雅希有关，米米从出道起就跟蒋雅希有过节，米米最近人气很旺，难免会让有些人心里不舒服。"文姐说。

"蒋雅希？"

"你应该知道她，她也是当红歌手，据说她能走红，是因为有黑社会的背景。我早就跟米米说过，不要跟她硬斗，可是米米的脾气你又不是不知道……"

我失态，揪住文姐的衣服："你跟我说实话，米米到底出什么事了！我告诉你，她有任何闪失，我都不会放过你们！绝不会！你们等着。"

"吉吉。"赵海生突然出现在门口，"你冷静。"

我做不到！我冲到他面前，对着他一阵乱打，他抓住我的双手，把它们背到我身后，不许我动。我挣扎，却丝毫没用。

文姐在他的示意下离开。

门关上，屋子里安静下来，只听到我粗重的喘息声。我以为他会揍我，谁知道他却松开我，改为拥抱。

"好了，亲爱的。"他柔声说，"你乖点。"

我脑子很乱，濒临崩溃的边缘。我看着赵海生，他显得很憔悴，一向打理得精致的发型也有些凌乱。我满怀忧伤地看着他，我知道我们的爱情已经无可救药。

"不会有事的。"赵海生说，"我已经派人去找。"

"都怪你！"我尖叫，"要不是你的鼓动，米米才不会去当什么劳什子歌星！都怪你，你把米米还给我！"

"吉吉，你公平点！你想想，我这么做是为了什么？！还不都是为了你！"

我拼命地摇头："我不需要不需要！"

"要不要，你没有选择。"赵海生说，"我只做我该做的！"

"我可以选择离开你。"我推开他，退后一步，冷笑着说。

他也笑："离开我？夏吉吉，我还是那句话，你可以试试！"

说完，他站起身来，拉开了门，大声吩咐文姐说："再去找，给我找到为止！"

"嗯。"我听到文姐轻声问他，"这里，要留人吗？"

"不用。"他说完，回转身看着我，吩咐我说，"我一会儿让人送吃的给你，你吃完早点睡，不要胡思乱想。"

说完，他走掉了。

他太了解我了，他知道，在没有米米的消息之前，我肯定不会轻举妄动。

我以为那晚他肯定不会回来，可是当我在阳台上一遍一遍地打着米米的电话，一根一根地抽烟的时候，门却忽然开了。他进了屋，径直走到阳台上来。我没有熄灭烟头，等着他发火，最好是毒打我一顿。我欠他太多，还一点是一点，还清了，我就可以跟他算一切的账了。

但他只是容忍地看着我。

过了好一会儿，他走到我身边，拿走我手里的烟头，按熄了它。然后他弯下腰来抱住我，把我的头按到他的怀里。

"吉吉。"他说，"我真怕你走掉。"

他很少用这样的语气跟我说话，我的心一下子就软了、化了、不属于自己了。他紧紧地抱着我，像是要把我揉进他的身体里。他抚摸着我的长发，唇滑到我的耳边："对不起，吉吉，不要生我的气。要知道，你对我真的真的很重要。"

"海生。"我抬起头来看着他，"米米是我唯一的亲人，她不可以出任何事。"

"我知道。"他说，"放心吧，我不会让她出任何事的。"

我的眼泪流下来，我知道无论付出什么代价，只要米米平安、快乐，我都愿意。

07

圣地亚。

一家很不错的西餐厅。

记得来北京的第一夜，赵海生就曾经带我和米米来过这里。那时候的我笨笨拙拙，连切牛排都不会。荣誉和失败一样的不伟大，因为时光总是能毫不留情地摧毁一切，让往事片甲难存。

我来这里，是想会会蒋雅希。文姐告诉我，蒋雅希每个星期都会来这里一两次。如果米米的失踪跟她有关，她见到我肯定会惊慌。

我和文姐在座位上刚坐下，就有侍者过来招呼我们，他微笑着把菜单递给我，我犹如触电般地呆住。

竟然是他！那个用一块钱买走我画的男生！

他没有认出我来。或者说，他根本就没有认真看我。

我却莫名其妙地脸红心跳，低下头，潦草地点了一大堆吃的。等他走开了，文姐问我："你吃这么多，不怕胖吗？"

"不怕。"我答。

"米米可不敢这样。"文姐说，"做明星其实真的很辛苦，限制很多。"

可怜我的心，它还没有归位。

文姐压低声音："蒋雅希今晚在这里请朋友吃饭，喏，后面那一大桌人就是的。一会儿见到她，你一定要保持冷静，不要慌。"

我决定先去洗手间里洗洗脸，让自己先冷静下来。

很巧，推开洗手间的门我就看到了蒋雅希。我没见过她真人，但见过照片和 MTV。她正在对着镜子涂抹口红，我装作若无其事地打开水龙头，心却跳得厉害。

"夏米米。"她先叫我。

我转头朝她微笑。

"许弋呢？"她问，"难道你们不在一起吗？"

我不明白她在说什么，于是我就继续微笑，在心里想着对策。

"喜欢我的男人你可以直说，不必用卑劣的手段。不过我也要好心提醒你，小心被别人玩弄了，还不知不觉呵。"

"请注意你的言辞。"我不喜欢她这样侮辱米米，终于忍不住开腔。

"你看看你的新造型，啧啧啧，谁帮你弄的，像个小丑。"

"是吗？"我说，"雅希姐有空指教指教。"

蒋皎拿着口红退后一步，用惊讶的口吻说："你到底是不是夏米米啊？你的小泼妇样呢，收敛了？作秀给谁看啊？"

"谁是许弋？"我问她。

她哈哈大笑，将口红指到我脸上："演技不错，值得学习哦。"

我绕过她，走出了洗手间。

回到座位，我把一切都告诉了文姐。文姐皱着眉头，拼命地回忆。然后她一拍桌子："对，我想起来了。我见过那个男的，在那天晚上的酒会上，他好像跟米米说过话，然后，米米就失踪了！"

"他是蒋雅希的男朋友吗？"我问。

"不知。"文姐说，"但我敢肯定，十有八九是他拐走了米米！"

"他拐走米米干吗呢？"我问。

文姐紧张地看着我。我的心忽地往下掉，千百种不祥的想法冒上来，又被我硬生生地压下去。我唯一的期盼是蒋雅希确实什么也不知道，米米是和那个叫什么许弋的人一起消失的，如果是这样，至少米米现在是安全的。

文姐压低声音问我："蒋雅希的确把你当成米米了吗？"

"也许吧。"我不敢肯定地说。

"你快吃，吃完我们走，回去再商量。"文姐说。

我没有任何胃口，忽然很恨米米，恨她自私，从不考虑别人的感受。无论是什么样的原因，我都不能原谅她这样没有道理不负责任地消失。

我站起身来，对文姐说："我们走吧。"

蒋雅希就在这时候端着两个酒杯走了过来，她一直走到我面前，把酒杯往我面前一放说："夏米米，我请你喝一杯。"

文姐站起身来："米米不喝酒，谢谢你的好意。我们要走了。"

"这么不给面子，还是怕呢？"蒋雅希笑起来。看她的样子，好像是有些醉了。

我端起酒杯，一饮而尽。

"好酒量。"蒋雅希说，"这可是纯正的 Moet & Chandon，要是夏小姐不尽兴，我再请你喝一瓶如何？"

文姐挡开她，拉着我说："我们走。"

蒋雅希挡住我的路，不肯让。

文姐低声警告她："不要闹事。"

"哈哈哈……"蒋雅希纵声笑起来，指着我说，"要闹事的人不是我，是她！我告诉你，你要是不交出许弋，我今天跟你没完！"

我心疼米米，成天跟这种疯子打交道。

"我不认识什么许弋。"我说。

"我让你装！"蒋雅希把手里的酒往我身上一泼，酒杯往地上一砸，人就朝我扑过来。文姐拼命挡在我前面，不让她靠近我。她那边的人也上来拉她，但她已经醉了，力大无比，无人能挡。她一直一直冲上来，抓住了我的衣服领子，挥起巴掌就要打我。

就在这时候，有人一把捏住了她的胳膊，低声说："你放开她！"

是那个侍应生！

蒋雅希松开了我，往后退了好几步，笑起来："怎么？你们又都向着这个狐狸精？太好笑了，看来你们真是一对冤家兄弟，世界上再也找不到比这更好笑的事情了，哈哈哈哈哈……"

"闭嘴！"他呵斥她。

我以为她会跳起来，谁知道她竟然真的乖乖地闭了嘴。

蒋雅希终于被人拉走了。

我整整衣服，对那个侍应生说道："谢谢。"

"不用。你们快走吧。"他说，"遇到记者就该麻烦了。"

我和文姐在他的护送下匆匆出了餐厅的大门。文姐开了一辆红色小车，车子上了大道后，她有些紧张地对我说："好像有人跟踪。"

我朝后看，身后全是车，看不出任何不妥。

"你打电话给海生，让他来接你。"

"不用吧。"我说。

正说着，一辆白色宝马就朝着我们直冲上来，我惊讶地发现，驾车的人竟是喝得半醉的蒋雅希，天啦，她要做什么？！

"她疯了。"为避免被她撞上，文姐只好加快了速度。蒋雅希的车子逼得我们很紧，险象环生。我失声尖叫，直到一辆摩托车从后面横插上来，隔开了我们两辆车。

蒋雅希的车终于被摩托车逼停在了路边。

摩托车手下了车，把她直接从车上拖了下来。后面另一辆车很快跟上来，他们合力把蒋雅希推上了车。车门关上，掉了个头，朝着反方向开走了。

夜色里，我认出了那个摩托车手！又是那个侍应生！我让文姐停车，跑到他面前去。他正在戴头盔，对我说："你往边上站点，这里车多。"

"谢谢你。"我说。

"不用。"他冷冷地说完，跨上车，很快远去了。

他一定没认出我来，也一定是把我当成夏米米了。

_08

我决定替米米出席演唱会前的记者招待会。

这是我最后一招，我相信一定可以把夏米米给逼出来。她的性格，我还算是了如指掌。不过在米米出现以前，我先见到了传说中的许弋。

看到许弋的第一眼，我就知道，他应该是米米喜欢的那种男生。米米为他做出任何事情，我都可以理解。

那天，在后台的化妆间，许弋冲进来，强吻了我，我咬了他的舌头。看起来我们算是打了平手，但事实上应该还算是我赢，因为我弄明白了米米这些天和他在一起，但后来他被米米甩掉了。这样一来，我基本上可以对米米的安全放心了。

我估计他和米米认识的时间并不长，因为他对我丝毫没有产生怀疑。但爱情这回事肯定不是以时间来计量的，我敢肯定的是，这个如同从漫画中走出来的美少年，他注定了是米米的劫数。我倒真的希望米米和他之间能有故事，爱情是有着翻天覆地的本领的，我自私地想，如果爱情可以让米米放弃一些虚无的东西，拥有真实的痛和真实的悔，也好。

唯一遗憾的是，这个男生和蒋雅希有关。

但我相信米米自有她的办法，那个姓蒋的，不是她的对手。

如我所料，演唱会开始前十分钟，夏米米真的出现了。我最初并没看到她人，而是听到她尖尖细细的嗓音，好像在和什么人吵架，我正想从化妆间里冲出去，文姐把我拦住了。

"我去。"文姐说，"你现在出去被人看见就麻烦大了。"

我只好躲在化妆间里，大约五分钟后，米米和文姐一起进来了。她并没看见我，而是把她头上古里古怪的围巾拿下来，扔到地上，嘴里生气地骂着："老女人，假香港人，在我面前嚣张，我见她一次骂一次！"

又是蒋雅希！

文姐劝她说："好了，时间不多了，快准备一下吧，你拐走了人家男朋友，还不许人家发飙？"

"我姐呢？"夏米米说，"我看她出席记者招待会的时候挺像模像样的嘛。不过也不能再玩了，要是你们逼她到台上去唱歌，她回头非杀了我不可！"

米米说到这里，忽然转身看到我，赶紧闭了嘴。

"我现在就想杀了你。"我说。

"姐。"米米扑上来，"别生气，等我唱完这场你再杀也不迟，哦文姐，我的裙子呢，还有我那双白色的凉鞋……"

"文姐。"我打断米米的话，"你先出去，我要和米米谈谈。"

"没时间了。"文姐说，"你们姐妹俩晚上再谈可好？"

米米不肯表态。

我问她："谈谈许弋你也不愿意吗？"

米米惊慌失措地说："你看到他了吗，他都跟你说了些什么？"

我看着文姐，米米把文姐往外推："你出去你出去，我只需要两分钟，保证不误事。"

文姐出去了，米米把门关上，冲到我面前来："姐，你怎么会认得许弋的？你告诉我，他都跟你说了些什么？"

"我以为你一辈子都不会叫我姐了。"我说。

"姐。"她说，"哪能呢，求你告诉我。"

"他把我当成了你，我答应他三天内见他。"

"姐……"她欲言又止。

文姐已经推门进来，她着急地说："快些，演出已经开始了，化妆师等在外面。"

"快你个头！"米米很凶地吼她。

我问文姐："我该怎么离开？"

"海生在外面等你，你先把妆擦掉，衣服换回来，我马上带你出去。"

"好。"我说。

我走到门口的时候，米米追上来，她从后面抱住我："姐，你别生我的气，我其实早就不生你的气了。"

我回转身抱住她，在她耳边说："记得，我等你回家。"

她拼命地点头。

那天晚上，赵海生一直陪着我。他给我看一幢房子的照片，那幢房子建在海边，如童话中的城堡，美轮美奂。

赵海生对我说："这是我朋友在大连开发的房子，等我的资金周转过来，我马上买一幢送给你。"

我冲他微笑，说："我还是怀念我们家以前海边那座小房子。"

他有些入神地看着我说："吉吉，你笑起来真好看。回头还是弄成鬈发吧，我喜欢你鬈发的样子。"

"海生，"我问他，"你爱我吗？"

"当然。"他说。

我多么羡慕他，不知道会不会有一天，我也可以像他这样不露痕迹地撒谎，在爱情消失的时候还能够做到若无其事。

"过来。"他说。

"噢。"我走过去，坐到他的身边，他伸出手抱住了我。

我仰起脸，吻了吻他的脸颊。我很少这么主动，他反倒有些窘迫。

两天后我终于见到米米，已经是夜里很晚了，门铃急促地响起来，赵海生站起身来去开门。米米像颗炮弹一样地弹进来，脱了鞋，光脚站在地板上，冲我做个鬼脸，视赵海生如空气。

赵海生说："你们姐妹聊聊，我先走。"

米米还是不吱声。

我起身送他出门，看他的车消失在夜色里。回转身，米米已经半躺在沙发上，她的妆还没卸尽，像个玩累了的孩童一般困倦。我去端了一盆热水，用热毛巾替她擦脸。我对她说："米米，你不该对他这个态度。"

"谁？赵海生吗？"米米说，"他对你不好，我就这个态度。"

"他对我挺好。"

"算了吧，我什么都知道。"米米抓住我的手说，"姐，我好像恋爱了。"

"是那个……许弋？"

"嗯。"米米说，"他是蒋雅希的男朋友，你知道吗，一开始，我只是想捉弄他。可是后来，我发现我真的爱上他了，哇呀呀，你说我该怎么办才好啊？"

"你爱他什么呢？"

"我知道就好了。"米米问，"姐，那你说你爱赵海生什么呢？"

"是啊，"我叹气，"要是能说清楚，就不叫爱情了。"

米米把我手里的毛巾放到茶几上，握住我的手说："姐，我知道你的心，你再给我半年的时间，相信我，只需要半年，我们就可以脱离这一切，去过我们想过的日子。他也说过，半年后，来北京接我，我们去过我们想过的日子！"

"米米。"我说，"别太天真。"

"我要试一试的。"米米说，"一定要试一试。"

"米米，如果做明星做得不开心，就不要再做下去了。"我说，"我可以画画，我们的生活不会有任何的问题。"

"不。"米米说，"这回是你忘了爸爸的教训。"

"米米……"

"好了，姐。"米米不耐烦地打断我，"我需要你的鼓励。"

那晚，米米又和我睡在一张床上，她习惯性地抱着我入眠，我习惯性地失眠。我知道第二天米米醒来，会忘掉一切的烦恼，生龙活虎地继续奋斗。也许这就是我和米米最大的不同。所以，她注定要比我幸福。

米米在梦里喊我："姐……"

我轻轻拍拍她的脸，她微笑，继续沉入好梦。

她已经长大，选择自己的生活，遇到心爱的男孩，她不再需要我。我的心里有一种悲凉，但悲凉很快又被释然代替。或许这就是命运，一切的过程都早已有了安排，我能做的，就是，让自己暂时消失。

09

知道米米出事，是在她出事两个月以后。

这之前，我一直待在江西的一个小镇，租了一间农民的小屋，不足十平方米，有简单的家具，采光不错。那里风景很好，有来自各地的游人。我替他们画肖像画，挣很少的钱，维持自己的简单生活。

我这样做并不是想要惩罚谁。我对未来也没有过多的思考和精心的安排，只是需要一些时间来沉淀自己。所以，我关掉了手机，远离了网络，甚至连报纸都不看。深夜的时候，我坐在小木床上，有时看流星划过，想念远在北京的米米和赵海生。除了他们，我生命中也没什么别的人可以想念，唯一感到庆幸的是，没有我，他们一样可以过得很好。

九月的江西，秋高气爽。相对于夏日，游人开始减少，我的生意也日益惨淡。从赵海生家离开的时候，我只带了很少的衣服和少量的积蓄，为避免生活出现问题，我决定找个地方打工。镇上是不太可能找得到工作的，思考再三，我决定退掉租房去县里。开往县城的公共汽车一小时一班，很肮脏，车上有让人快窒息的味道。我坐在最后一排，很长的椅子上，只坐了我一个人。经过一条小路的时候，公交车摇晃得厉害，我心里的不安全感又上来了，然后我就开始晕车。

下车后，有人上来兜售当天的晚报，五毛钱一张，我买了一张，想看看上面有没有什么招聘信息。

娱乐版通篇报道：

别走，米米

两个月前，当红歌星夏米米拍广告时从高台摔下，成为植物人。昨夜，夏米米哮喘病复发，陷入重度昏迷状态。医院再度下达病危通知，无数歌迷在医院门口长时间守候，不愿离去，并拉出"米米你别走，我们爱你"的动人横幅，呼唤偶像醒来……

我捏着报纸，浑身发抖。

世界变得一片惨白，天就在那一刻塌了。

一个好心的中年妇女扶住我说："姑娘，你没事吧？"

"怎么去机场？"我哑着嗓子问她。

她朝我摇摇头。

我跑到大路上，拦下一辆出租车去了南昌机场，司机跟我要四百，我说好。那时就算他要四千，如果我口袋里有，也会给他。到了机场，我用身上最后的钱买了一张机票，给赵海生打了个电话，坐上了当天最后一班飞往北京的航班。

赵海生和文姐在机场等我，他们直接把我带到了医院。

医院大门口依然有歌迷在守候。我们通过特殊的通道进去，上了五楼，长长的走廊，仿佛怎么也走不完。我的双脚一点力气也没有，心跳得飞快。赵海生搂着我的肩，紧紧的，我想起十七岁那年的夏天，他的手也曾经这样放在我的肩头。他是这样邪门地见证着我人生的每一场生离死别。我推开他，朝前奔跑，却在病房前怯懦地停下了脚步，文姐追上来，帮我推开病房的门，黄昏的阳光是金色的，从窗口投进来，给一切事物都镀上了一层金。我看到护士用白色的被单盖住了米米的脸。

"不！"我失声尖叫。然后，我彻底地晕了过去。

很多天之后，我才知道，米米是在我离开北京的当天晚上出事的，她去拍一个广告，搭建的高台忽然离奇倒塌，她脑袋着地，当场昏迷不醒。但是，她一直没死掉，在医院里撑了两个月，才离开人世。

"她在等你。"赵海生说，"如果你在她身边，也许能唤醒她的意识。"

我没有眼泪，只是看着赵海生。泪水已经流干，连世上最后一个亲人我都已失去，痛哭对我再也没有任何意义。

他拥抱我："吉吉，米米已经死了，你要好好地活下去。"

我仰起脸，他温柔地吻我。

我对他说："带我和米米回海边，好吗？"

"好。"他说，"我已经替你买回海边那间小屋，你还记得那小屋吗？我第一次在那里见你，那天下好大的雨，你穿一条小白裙子，不笑，倍儿严肃。那时候我就想，我要好好照顾你，给你快乐。对不起，吉吉，米米的事，我真的很遗憾。"

"海生。"我说，"我们家人命不好，也许我也是活不长的……"

他伸出手，在我的脸上用力拍打了一下："不许说晦气话，记住，我以后都不要再听这样的话！"

我想念米米，心如刀绞。

第二天，赵海生带着我成功地躲过了所有的媒体，回到了老家。我把米米葬在了父亲的旁边，希望他们可以在九泉之下互相照顾。

海还是那片海，一百年一千年，潮涨潮落，从不改变。所不同的是，我身边的亲人一个一个地消失不见，永远都不再回来。刹那繁华都是假象，如果没有贪恋，也许我们可以活得更好。只可惜年轻的我和米米不懂得这一点，所以才会有如此下场。

我对生已经毫无眷恋，那晚我自杀，用的是刀片，割向我的手腕，疼痛提醒我死去的过程。我看到血一点一点地从我的身体流出，却没有任何恐惧。我用最后的力气走向大海深处，等待海浪卷走我的身体，"夏吉吉"三个字从此从这个世界上抹去。

醒来的时候，四周是白色的。

我以为我到了天堂，而且好像听到米米在歌唱。我兴奋地转过头，却看到赵海生。他伸出手握住我的，对我说："等你好起来，我要好好揍你一顿。"

我看到手腕上白色的纱布，碍眼、丑陋地纠缠在那里，明白自已是没死。

"你最好把我揍死。"我扭过头去说，"不然，我还是会想别的办法。"

"吉吉。"赵海生说，"你想知道你妈妈是怎么死的吗？"

我瞪大了眼睛。

"听我跟你说个故事。"赵海生说，"这个故事有点长，你要有点耐心。很多年前，在澳洲，有个中国留学生，他很穷，每天要打两份工来维持自己的生活和学业。有一天晚上，已经很晚了，下着很大的雨，留学生从打工的地方出来，过马路的时候，被一辆车撞了。撞他的车子很快就开走了，后面的车上下来一个穿蓝色旗袍的中国女人，把他送进了医院。那个中国女人不仅救了留学生的命，还替他付了所有的医药费。后来，他们成了朋友，她常常跟留学生讲起她留在中国的两个女儿，说她们长得漂亮极了，也像极了，不知道的人，还以为她们是一对双胞胎。有时候，她也会讲起她在中国的前夫，说她前夫的画画得好极了，只是时运不好，所以当不了画家。她还说，她嫁给一个老头来到澳洲，只是权宜之计，最多五年，她肯定带着钱回去，帮前夫实现梦想，让两个女儿快乐长大。她的故事打动了留学生，留学生出院以后，常常去找那个女人聊天，虽然女人比他大十岁，但他却感觉到自己已经深深地爱上了她，爱上了她的沉静、美好、善良、温柔。有时候，他坐在她家里听她弹琴，能听上一整天，也不觉得厌倦。虽然留学生和女人之间什么事也没有发生，但是还是被她的先生认为绝不能容忍，老头子有一天喝醉酒，拿出了他家里的猎枪，对着留学生扣动了手里的扳机，女人冲过来，挡住了那颗子弹……"

我颤声问他："你的故事里，说的都是谁？"

赵海生说："那个女人，就是半夏，你的母亲，而那个留学生，就是我。"

我大惊："这么说来，你压根儿就不是我父亲的学生？"

"当然不是。"赵海生说，"这就是我爱上你的原因，你跟你的母亲实在是太像了，特别是那双眼睛，简直就是一个人。你穿上那件蓝色旗袍的时候，我简直就要疯了，恨不得告诉你一切。这也是我为什么要纵容米米的原因，我对自己发过誓，一定要让她的家人幸福，倾尽我所有，也要让你们幸福。回国的前三年，我一直在创业，有了钱，我才有勇气去找你们。现在，米米走了，我比你还要难过，吉吉，如果你还不珍惜你的生命，让我怎么跟你九泉之下的母亲交代呢？又让我怎么办才好呢？"

"这么说，你爱的一直是我的母亲？"

"不。"赵海生说，"吉吉，我现在爱的是你。逝者已去，唯有生者可以鲜活地谈情说爱。我是一个生活在现实里的人，一个成人，懂得对自己的感情负责任。你明白吗？"

我的眼泪流下来。

"答应我，好好活下去。"赵海生用温热的掌心紧握我的手，"我跟她的手续已经办妥，嫁给我，让我照顾你一辈子，好吗？"

我听到海浪的呼吸，在城市的最中央。风呼啸而过，挟带着微尘、泥土、飞絮和所有不堪重负的往事，纷纷扬扬，一去不返。

而夏天，是真真正正地过去了。

《无罪》（夏米米的歌）

词/饶雪漫

半壶酒

慰我寂寞的唇

坠入脚底的深灰

还没有睡醒的酒杯

深夜十二点

王子和公主都不睡

要参观

我佯装成熟的美

半颗星

撑着微光在放电

点缀我的妩媚

忘了誓言的桑田

要留意冷箭

射进你的小心眼

保不住

那滋味飘飘欲仙

说感情

你不乖我不退

打扮超颓废不醉就不归

没那么无所谓

这首歌我一个人唱它到天黑

呼啦啦啦呼啦啦啦夜色多么美

我是神秘花园里最炫那一朵玫瑰

呼啦啦啦呼啦啦啦星星多么美

今天十八明天十七爱让我无罪

呼啦啦啦呼啦啦啦爱情多么美

你是心底深处最说不出口的迂回

呼啦啦啦呼啦啦啦伤感多么美

今天十八明天十七

爱让我们无罪

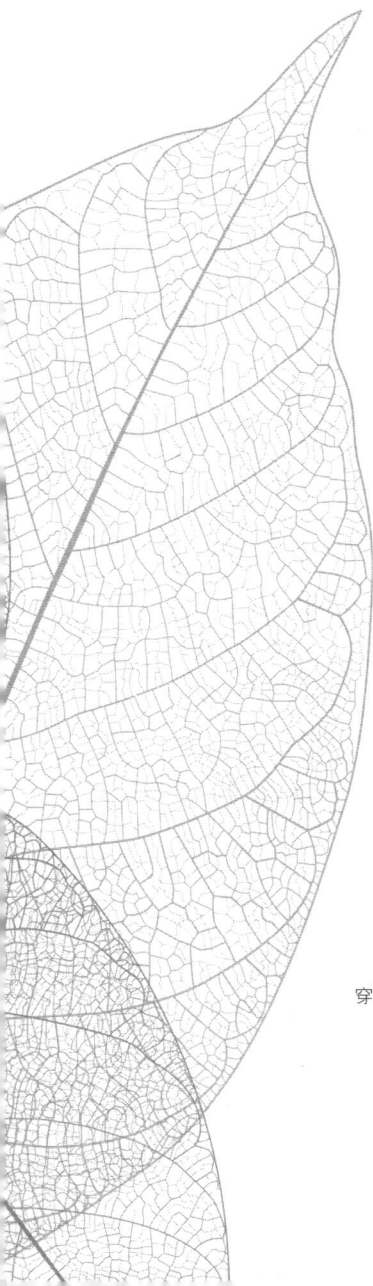

等待

我知道我会等待

我的白衣少年
我的纯美初恋
我的青春时代

就这样一起定格

然后

斑驳，脱落，原谅，遗忘

我还是相信
星星会说话
石头会开花
穿过夏天的木栅栏和冬天的风雪之后
你终会抵达

——木子耳

国庆长假，拥挤的上海火车站。

当天开往北京的火车票已经售罄。这是依然灼热的秋天午后，有很大的风，吹得站台的广告牌呼啦啦作响。广场上的人群挤挤挨挨，像被什么东西黏住了一般无法动弹。

我决定去见他的心九匹马拉不回。

终于，我捏着一张站台票在一个好心人的帮助下混上了车。是一列慢车，站站都停。我没有座位，四周都是陌生人，肮脏的车厢里混合着各种各样的气味，让人想要呕吐。我跑到车厢连接处，想去透透气，但那里也全都是人。我好不容易找到一个落脚的地方，抱着小背包，思忖着漫长的夜晚应该如何度过。

这是生平最艰难的一次旅途，我的双腿站得几近麻木，闭上眼睛就可以随时进入短暂的梦乡。我终于明白人最强大的是内心，只要心之所向，翻越千山万水，总能抵达。

火车渐渐驶出天津站。还有一站路，我将和他呼吸同一个城市的空气。想到这里，我精神百倍，一夜的疲惫被格式化，神奇地消失。清晨的曙光中忽然接到他的电话："小丫头，你在哪里呢？"

"火车上，下一站北京。"我得意洋洋，"准备接驾！"

那边迟疑了两秒钟，然后说："靠，我在上海站。"

这真是史上最绝望的一次错过，我们为彼此想要制造的惊喜付出了最无聊的代价。

一切的起因只为两个字：爱情。

爱情让人疯狂且弱智。看来这话谁也不能反对。

_ 01

见到他的第一眼，我完全没有认出他来。

他理寸头，穿白色棉布的衬衫、宽大的运动裤、球鞋。两只耳朵很大，显得很特别。他朝着我直迎上来，喊我："嫂子。"

我被他喊红了脸，连忙往身后看看，疑心他认错了人。

"漾哥在赶回来的路上，吩咐我来接你。"他说，"你的行李呢？"

"没行李。"我说。因为决定很匆忙，且怕路上拥挤，我只背了我的小背包就上路了。

他咧开嘴笑，露出一口很洁白的牙，有些遗憾地说："看来你不认得我了。"

我没办法，只好很不礼貌地盯着他看，希望可以看出一些曾经见过面的蛛丝马迹。答案还没浮出水面，他自动交代："我是黑人。"

我的天。

原来岁月也可以如一家拥有高科技设备的美容院，把人的容貌改变得如此彻底。

我当然知道黑人，那个整天跟在吧啦后面的技校的坏小子。那时候他是光头，喜欢在身上戴各种乱七八糟的饰物，篮球打得不错，也爱打人，曾经把许弋打到医院里睡过一个星期，还劫持过蒋皎，闹得天翻地覆后不知去向。

他曾经是我们那个小城的一个传奇。

可是眼前的这个他，真的和记忆中的那个他大相径庭。他何时和张漾成为朋友，我也完全不知。

"我们走吧。"他说，"我住的地方离这里不远，地铁两站路就到了。"

我有些迟疑。

他笑笑，拿出手机来，打了一个电话，对着那边说："你老婆不敢跟我走。"说完，把电话递到我耳旁。我听到张漾在那边笑的声音，然后他说："你可以劫持她嘛。"

"喂！"我大声喊。

"嘿嘿，是你呀。"张漾说，"我正想办法赶回来，最快明早才能到。托黑人照顾你一天。你大可放心，这小子现在从良了。"

"不用的。"我说，"我可以去找尤他。"

"你敢！"张漾说，"白痴都看得出他是我情敌。"

"哼。"

"哼什么哼。"他说，"我还在排队买票，你在北京乖乖等我，不许乱跑，听到没有？"

我气呼呼地把手机递还给黑人。他挂了机，朝我甩甩头说："开路，嫂子。"

说完，他大踏步地往前走。

"喂。"我追上他，"以后你不许叫我嫂子，听到没有？"

"听到了，嫂子。"

我站住不动，瞪着眼睛看他。

他哈哈笑起来："我知道你的名字，你叫小耳朵，是不是？"

"叫我李珥。"我说。

他摇着头叹息："你倍儿严肃，让我这接待任务显得异常艰巨啊。"

我走到他前面去，尽管他流里流气的样子出来了，但我还是不敢相信他就是原来的那个黑人。过去零零散散的记忆好不容易拼凑成完整的一块，却还是无法和现存的那一块完美地重叠。于是心里就无端多出一个缺口，怎么也填不满，不知是该高兴还是该遗憾。

北京地铁比我想象中的要陈旧很多，但地铁始终是我最喜欢的交通工具。我喜欢它在地底下呼啸而过的气势，甚至喜欢它拥挤的表情，仿佛这才是生命最鲜活的体现。

人真的很多，黑人护着我上了车。他的手放在吊环上的时候，我才注意到，那只手只有四根手指头，没有小拇指。他注意到我的惊讶，调皮地伸出另一只手在我面前晃了一下。我差点失声尖叫，因为那只手竟然也只有四根手指头！

他却毫不在乎地哈哈笑起来。

也好，能笑，说明早已经不是芥蒂。我在他那样肆无忌惮的朗朗大笑里喜欢上他，刹那明白为何张漾会和他成为朋友。他们性格里有相似的东西，所以才会从不同的轨道走到一起，并彼此惺惺相惜。

噢，吧啦，真好，不是吗？

下了车，我跟着黑人走，他跟我说不是太远，一刻钟就会到。路上经过一个小店，黑人进去买了两个煎饼，递了一个给我。我还真饿，那煎饼真好吃，我三下两下就把它吃进了肚子里。黑人盯着我直乐。快到的时候有条小路不太好走，我跟着他深一脚浅一脚地到达了一个四合院。四合院很旧了，院子里有薄薄的青苔，我很新奇，光顾着欣赏，没留意脚下，差点滑一跤，好在黑人伸出手一把拽住我。不过这次我没脸红，他倒是有些脸红了，慌忙放开我，埋怨地说："你丫小心点嘛。"

四合院里有好多间屋。黑人那间在最西边，阳光不是很好，但屋里还算干净整洁。进去的第一眼我就看到了挂在墙上的吧啦照片，和南山墓地上的那张一模一样，年轻的、倔强的、毫无畏惧的脸。

"我找人画的。"黑人说，"以前老跟她在一起，却忘记替她拍张照片。"

我走近了，才发现真的不是照片，而是画像，不过真的很像，简直可以以假乱真。

"你还在想她吗？"我问。

"我去给你烧点开水喝。"他低头，拎起脚下的水瓶，出去了。

我盯着墙上吧啦的画看了良久。被人怀念到底是件幸事，如果吧啦泉下有知，应该会感到幸福的吧。我正在胡思乱想，门"吱呀"

一声被人推开了，一个穿黑裙子的女生站在门口，用颇为敌意的眼光审视着我。

我有些不安地站起身来。

"听说阿牛带女朋友回来了，我来看看。"女生的声音很沙哑，听了让人害怕。

"你哪里来的？"她扬起声音问我。

我问："谁是阿牛？"

正着说，黑人拎着一瓶开水从后面走过来，把女生一把拉到旁边说："一边去，别在这里胡闹，这是漾哥的女朋友。"

"阿牛，"女生嘟起嘴，"你今天不是休息吗，你答应陪我去打游戏的，我到二十四级后就怎么也升不上去……"

"好了。"黑人打断她，"今天有特殊情况，回头再说。"

说完，他进了屋，把门重重地关上了。

我赦赦地笑，问他："何时改了这么老土的名字？"

"我姓牛。"他说。

是吗？我从没想到他会姓牛，在我的记忆里，他就叫黑人。黑人，黑人，我甚至能回忆起吧啦高声唤他的声音，一声一声，犹如就在耳边。

"你喝口水睡会儿，火车上没座位，肯定累坏了。对了，我先替你把被单换了，我有洗干净的。"

我拦住他："不必太麻烦，我不是很讲究的。"

"这是必须。"他动作麻利起来，"漾哥不在，照顾好你是我的责任。"

　　我要帮他，他死活也不肯。我只好坐在板凳上默默地看着他做事。他的背影很高大，应该是比张漾还要高一些，被单被他轻轻一拎就乖乖地铺陈开来，屋里散发出肥皂清新的香味。我做着无聊的猜想，如果是此黑人而不是彼黑人遇到吧啦，故事不知道会不会是另一种结局呢？

　　他把这一切做完，回头对我说："你睡吧，我先出去办点事。"

　　我想起门外那个声音沙哑的女孩，一切了然于胸，连忙对他说："你去忙你的，不必管我。"

　　"好。我把我的电话号码留下来，有任何事打我电话。睡前记得把门关好。"说完，他找了一张纸，弯下腰，在桌上写下他的电话号码，用杯子压住，出去了。

　　我真的是太累了，倒到床上就睡着，一觉睡到下午一点钟。

　　睁开眼，第一眼看到的是墙上的吧啦。抿着嘴的大眼睛的漂亮吧啦。她也在看我，千言万语要跟我说的样子。我觉得心里冒出一种说不出滋味的闷，于是起身推开门。秋天午后的院子一片寂寥，我又看到那个穿黑裙子的女子，蹲在那里在吃一碗康师傅的泡面，见了我，她朝我举举手里的泡面，算是打招呼。

　　她很瘦，不算漂亮，却有相当漂亮的锁骨。看样子大约二十岁，见我盯着她看，她站起身来，端着面摆了一个 Pose，用沙哑的嗓子问我："你睡到现在啊？"

　　我点点头。

　　院子门就在这时候被人猛地推开，闯进来一个五大三粗的男人，黑衣服女子见状丢掉手里的泡面就要往家跑，却被那人一个箭步上前一把抓住了头发："臭娘儿们，敢放我鸽子，快把东西给我交出来！"

"不在我这里。"女子说。

"你给谁了？"

女子不肯说，被男人一拳头打在脸上，鲜血立刻从她的鼻孔飞溅出来。我被这突如其来的情况吓蒙了，站在那里退也不是进也不是，失声叫出来："不要打！"

黑人就是在这时候拎着两盒饭进来的，见此状况，他一语不发地冲过来，把我往屋里一推，低声对我说："进去，别管闲事。"

门被黑人关上了，院子里传来那个女子的惨叫，他继续在打她。

"不报警吗？"我说。

黑人把盒饭从塑料袋里拿出来："你饿了，该吃饭了。"

女子一直在惨叫，一声高一声低，听得人心里发毛。

"他这样会打死她的！"我说。

"成天惹事，打死算了。"黑人说，"你别管，吃你的。"

我站起身来，拉开门，大声喊："别打了，再打我报警了！"

女子已经被打得蜷缩在墙角，浑身是血，一句话也不说出来，只是抱着头在发抖。男人暂时放开她，冲着我就过来："报警，我他妈连你一块儿揍！"

他的拳头在半空中被黑人拦住了。

黑人冷冷地说："你敢动她一下试试？"

男人想推开黑人，黑人站在那里，纹丝不动。

男人一拳过来，黑人闪过了，从口袋里掏出一把弹簧刀，说："来，哥们儿今天也让你见点红。"

男人有些怕了，退后了一步。墙角的女人忽然哈哈大笑起来："打啊，跟阿牛哥干啊，有种就不要怕更狠的啊！"

"闭嘴！"黑人骂她，"再喊我连你一块儿砍！"

"算你今天运气好，不过我警告你，你最好今晚把东西给我还回来，不然有你好看的！"男人骂完，转身冲出了四合院。

黑人把刀收起来，骂骂咧咧地说："逼得老子动粗。"

黑衣女子摇摇晃晃地站直身子，高声说："谢谢你啊，阿牛哥，够哥们儿。"

"你应该谢谢她。"黑人指着我说，"我才懒得帮你。"

女子冲我笑，笑完冲到院子里的水龙头下洗脸。水开得很大，把她身上全溅湿了，她却浑然不知的样子。

"你有药吗？"我问黑人。

"没。"他摇头说，"我不在道上混已经很多年。"

"我有。"女子说，"跟我来。"

我到女子的房间替她上药，她的房间真的很乱，花花绿绿的衣服扔得到处都是。黑人站在门口看着我们，我把女子的脸转过来，对着阳光，用白色的棉签在她的脸上涂药水。她疼得龇牙咧嘴，仍偷空微笑。

"你叫什么？"她说，"我叫宝贝。宝贝的宝，宝贝的贝。"

"他这么打你，你应该报警。"我说。

宝贝笑起来："你问问阿牛哥我能不能报警？"

黑人点了一根烟，别过头去，懒得理她的样子。宝贝只好自说自话："不能报警啊，报警等于把我自己送进去哦。"

"别动！"我吩咐她。

她乖乖地把眼睛闭起来，仿佛擦药是一件很享受的事。完了，她趴到我耳边来，轻声对我说："嘻，阿牛真酷，是不是？告诉你哦，从他搬进这个四合院里来的第一天，我就爱死他了。不过告诉你一个秘密，他是太监，没功能的，哈哈哈。"

我闻到她身上浓烈的香水味，有些反感地推开了她。

回到黑人的家里，我们吃盒饭。黑人闷声闷气地对我说："以后别理那个妞，她不是干正经事的人。"

"噢。"我说，"一会儿吃完饭，我要去见个朋友。"

"我送你去。"

"不必这么麻烦吧。"我说。

"快吃吧。"他说，"这家盒饭还算不错，晚上我带你出去吃，漾哥说你喜欢吃面条，我知道王府井边上有家面条店，很不错。"

"谢谢你，黑人。"我说，"你真好。不过晚上真的不用麻烦了，我要去看看我表哥。他在清华读书，就要出国了，我们好久不见。"

他抓抓头："我真怕照顾不好你，我这人很无趣的。"

"不是啊。"我说，"吧啦说你人很好，够义气。"

"你别唬我。"

"是真的。"我说，"只是那时候我们没有直接接触过。"

"我那时候做人不靠谱。"黑人深深叹息说，"是我把她推上绝路。这是我一辈子最痛苦的事，每次想起来，都恨不得剁掉自己的两只手。"

我尝试着问："所以，你就剁掉自己的两根小拇指吗？"

他抬头看我："不，那只是巧合。"

"黑人。"我走到墙边，把那幅画摘下来，拿到手里，"吧啦已经死了，你可以怀念，但也得有自己新的生活。"

他走过来想阻止我，却又不敢从我手里抢走画。

我知道自己残忍且多管闲事，却阻止不了自己这么做。因为我知道，吧啦不喜欢黑人这样。我们都拥有幸福的生活，她才会安心，所以我执意地抱住了画不放手。

"难怪漾哥说你是八婆。"黑人最终无奈地摇摇头。

"他真这么说？！"

"你真有点小坏。"

"这也是他说的？"

"不。"黑人说，"这话是我说的。一人做事一人当。"

我哭笑不得，找了个抽屉，把吧啦的画像轻轻地放了进去。抽屉关上的那一刻，我才发现，其实是我自己不愿意看到那张画像。有些东西，我始终觉得还没有完全属于自己，所以不敢让任何人见证。你瞧，我是这样一个没有安全感且总是担心这担心那的小孩子。

晚上跟尤他吃饭的时候，我也这么说。

尤他已经轻松拿到了耶鲁的全奖，很快就会出国。他又胖了，T恤衫看上去有些小。他请我到一家很高档的茶餐厅吃晚餐。

"真没想到你会来。"尤他说，"事先也不讲一声，我好安排如何陪你玩。"

"不用了，我就今晚有空。"我说，"来看看你就好了。"

"你来北京，是陪他过节的吧？"

　　我点点头。我和张漾的事，尤他是暑假的时候知道的。出乎我意料的是他没有反对，相反，还劝我不要太任性，要懂得珍惜。

　　"你喜欢的，总是特别的。"尤他说，"姨妈他们还不知道吧？"

　　我摇摇头："别告诉他们我在北京，本来他们希望我回家的。我谎称要实习没回。其实张漾打工的地方不准假，本来已经说好国庆不见面了，我也是突发奇想，临时决定过来的。"

　　尤他笑："你的性格，我知道的。"

　　我微笑："不知道为什么，心里总是有些慌，我是挺没出息的，不知道小时候是不是就是这样子？"

　　"你担心什么？"他问我，"担心他不是真心对你好吗？"

　　我摇摇头："我担心会跟他分手。"

　　尤他笑起来："这可是谁也无法保证的一件事。"

　　"你呢？还没谈恋爱吗？"

　　尤他一直搅着他那杯咖啡："我的性格，你应该是知道的。"

　　话题到此戛然而止。我有些后悔，或许就不应该来看他，但因有约在先，所以来北京好像就非要见他不可。他给我要了冰淇淋，盛在玻璃盘子里，粉红色的草莓口味，很精致。我想起我们小时候一起吃着冰棒上学放学的情景，那时候的尤他没这么胖，精瘦精瘦的，说话慢慢吞吞。我根本没想到他会对我产生别样的情愫。我们太熟，爱情生根发芽的概率几乎等于零，尤他违背规律，注定无法达成所愿。

　　我们从餐厅出来的时候，城市的上空放起盛大的烟花。我们停下脚步观看。尤他把手插在裤兜里，抬起头看着天空对我说："有点像过年呢，有时候挺想家的。那个小城市安安静静的，其实也挺好。"

"你出国，姨妈该哭了。"

"你呢？"尤他问，"会不会想我？"

"废话啦。"

"兴许有一天你会突然在耶鲁出现。"尤他说，"这是你的风格。"

他难得有些幽默，我哈哈笑。

那晚他一定要送我回黑人的住处。我怕他见到黑人会乱想，所以在地铁站与他分手。他的手迟疑在半空，像是要与我相握的样子，我装作大大咧咧地拍拍他的肩："走啦，哥们儿，回见。"

他的眼眶却忽然红了，拿下眼镜拼命擦。

我立定两秒，转身仓皇而逃。

黑人在地铁口等我，不知道他站了多久，身子已经歪了，正在烦躁地吸烟。

"对不起。"我说，"让你久等了。"

他若无其事地耸耸肩："怎么样，跟状元郎聊得开心吗？"

"你认得尤他？"我惊讶。

"他上过电视、报纸，很风光的。"

是吗？我并不知道尤他也这么有名。我的诺基亚是他买的，有一次进了水，有时候不好使，但我一直没换。我刚才看到，他的手机屏保还是我小时候的照片。其实我们都是怀旧的人，丢不开的东西，只好背负着行走，怨谁都没用。

　　北京秋天的夜已经有些寒冷。我穿上外套，跟上黑人，内心忽然对这次北京行产生莫名的恐慌。每个人都要为自己的任性买单，如果我早明白这一点，或许就会选择不动声色地待在上海。

　　但我已经来了，时光不能倒流。

　　就算倒流，我想我还是会决定来。我永远无法不对自己的内心屈服，无论快乐悲伤，凭直觉迎头赶上，要了命地不知死活。

_02

醒来的第一眼，我看到他。

他坐在床头，也在看我。神情有些疲倦，但眼神里的宠溺是满溢的。

见我睁开眼，他伸出手指触碰我的脸："小丫头，醒了？"

那一瞬间，我以为自己在做梦。记忆中想念无数次的脸突然出现在你面前，却有一种说不出的让人心酸的陌生感。就因为这种心酸，我的样子估计看上去一副呆相，直到他用力捏我的脸蛋，捏得我尖声叫起来："哇，好疼啊！"

"我回来了。"他说，"你一直不醒，我也舍不得叫你。"

我从床上坐起来，惊讶地喊："你怎么进来的？"

他笑："黑人有钥匙嘛。"

"哦，他说他去单位值班室睡。"

"他没去。"张漾说，"他怕你一个人会害怕，在门外守了一夜，直到我来了才去睡觉的。"

我大为感动。

"黑人是个好哥们儿。"张漾说，"快起来，我带你出去玩。"

"你坐了两天的火车，不累吗，要不要睡会儿？"

他坏笑起来："要睡就一起睡。"

我吓得一溜烟儿从床上爬了起来。

"你换衣服吧。"他说，"我到门外等你。"

我嘿嘿笑："我就穿了这身衣服来，套上外套就好啦，不用换。"

他拎起我的小包："包这么重，装了什么？"

"DV啦。"我说，"我攒了半年的钱买的，这还是第一次用呢。"

"怎么？要拍乡下姐进城的画面？"

"是！"我说。

他拍拍我的脑袋："那还等什么，我们快走。"

我笑："上镜前，我至少得先去梳洗一下吧。"

我在院子里的水龙头底下月清水洗脸的时候宝贝出来了，她脸上的红肿还没有褪掉，直接走到我面前来，递给我一个小黑包说："麻烦你一件事，美女。"

"嗯？"

"我要走了，你把这东西转交给阿牛，好不好？"

"你亲手交给他不行吗？"

"我等不及了。"宝贝说，"还有，昨天的事谢谢你。"

"不用客气。"我说。

我正要接下那个小黑包，张漾快步走上来，把宝贝的手一拦说：

"对不起，我们要走了，你自己的事情自己办。"

宝贝用求助的眼光看着我。

"漾哥……"

"走。"张漾把手放在我肩头，揽着我就往外走。我忍不住回头，发现宝贝捏着那个黑包站在那里，脸上的表情是僵硬的忧伤。

"你们为什么都不喜欢她？"我问张漾。

"无所谓喜不喜欢。"张漾说，"这些人跟我们没关系。"

他牵着我的手，我自是满心欢喜，其他的一切当然也没空再去想。只觉得此时此刻，无论干吗，无论去何方，只要他愿意，我都愿意。

"第一次到北京？"他问我。

"是咧。"

"等吃完早饭，我带你去天安门。"

"好咧。开眼界咧。"

"傻样。"他把我的手捏得更紧了。

地铁上人很多，没有座位，我和张漾站在那里，有个坐着的男青年一直盯着我和张漾看，张漾忽然对人家说："你把座位让给我女朋友吧。"

那青年真的站了起来。

张漾把目瞪口呆的我推到座位上坐下，然后对人家说："你这样可以只用看她一个人，她比较漂亮。"

我以为那男青年要打人了，谁知道他笑得比我还要傻。

我算是开了眼界了，大北京真是什么样的人都有。

下了地铁，张漾带着我去了一家日本拉面馆。比天中那家小新疆开的拉面馆气派多了，很干净的店面，侍者温和而客气地服务。我在他对面坐下，两人一时都不知道该说什么，只好面对面傻笑。

还是他先开口埋怨："死丫头，来北京也不说一声，害得我坐火车坐到屁股都肿了。刚到就掉头，整个人都晕掉！"

"冲动不是罪。再说了，你去上海不也没说一声嘛，又不是我一个人的错！"

"行啊，学会顶嘴了？"

我拿眼睛瞪他。他忽然站起身，坐到我身边来，搂住我不肯放。我连忙推他："不要这样，坐过去啦。"

"不。"他说，"我就喜欢坐你身边，这样我才能吃得多一点。"

"胡说。"我继续推他。

"我真没胡说。"他举起左手发誓说，"我吃东西的时候真的不能看着你吃。"

"为什么？"

"因为我一看见你就饱了嘛。"

"张漾！"

他哈哈大笑，带着捉弄我成功后的得意在我耳边轻声说："别生气，我的意思呢，其实是秀色可餐，明白吗？"

我才不会生气，因为我也喜欢他坐在我边上，我们胳膊碰着胳膊，享受一碗看上去很精致吃上去很难吃的面条。

"难吃吧？"他问我。

"不。"我皱着眉头说，"是相当的难吃。"

"知足吧，这已经是全北京最好吃的面条啦。"

"如果真像你说的那样，北京可真是一个丢人的城市。"

"你敢骂首都？"他又吓唬我，"小心被抓起来！"

我说："抓起来才好呢，我就不用离开北京了，就可以天天跟你在一起了。"

"靠！"他说，"甜言蜜语要人命啊。"

"你要喜欢听，我还可以继续说。"

"说说看？"他面条也不吃了，放了筷子，饶有兴趣地看着我。

学中文的我却忽然想不出任何惊世骇俗的语言，短暂失语。他轻笑一声，忽然俯身下来，在我毫无准备的情况下，轻轻地、迅速地吻了我的脸。

我的心哗啦啦啦开出无数朵花，差一点就要流泪，只好拼命拿面条出气，一碗原以为无论如何也吃不完的面条被我飞快地消灭得精光。

那天他真的带我去天安门看五星红旗、人民大会堂。我从背包里拿出DV，他一直在替我拍，我心甘情愿地扮演着乡下小妞，对着屏幕用方言介绍四周的景物，把他笑得快要背过气去。拍够了闹够了，他就一直牵着我的手往前走，那天走的路真是比我平时一个月走的路还要多。走过故宫大红色的围墙的时候，暮色已经降临，他忽然问我："喜欢北京吗？"

"嗯。"我说。

"那你毕业后，来北京好吗？"

"算不算求婚？"

"小丫头，我发现你脸皮越来越厚了。"

"没办法，那是为了尽量配得上你。"

"好吧，那就算是吧。"

"算是什么？说清楚点。"

"算是求婚！我比你早毕业一年，早挣钱，我会给你安排好一切，不让你吃苦。这下你满意了吧？"

"哦。"

"中文系的高才生，你的回答能不能有点创意，我还在等你的甜言蜜语呢。"他没好气地说。

我一字一句地答："跟着你，在哪里，做什么，都好。"

"果然要人命。"他叹气。

我朝他做了个鬼脸，甩开他的手大步流星地往前走，他佯装追不上，可怜巴巴地跟着我。我转身喊他："张漾，快点！"

"你回来接我。"他说。

"不，你来追我。"我说。

"你肯定？回来接我。"他说。

我才懒得理他，于是加快了步子往前走，后面慢慢地没了动静，等我再回头时，发现他捂住肚子，面色痛苦地蹲了下去。

我赶紧飞奔回他的身边："你怎么了，没事吧？是不是太累了？"

他仰起脸的时候我就知道我又被捉弄了，他站起身来，就势把我搂在怀里，哈哈大笑着说："男人的话总是对的，你明白不？"

"你是坏人。"我气结。

"不，我是好人。"他柔声说，"上帝作证，我早就为小耳朵改邪归正了。"

果然。要人命。

晚上他带我去后海，公交车经过一家西餐厅的时候刚好是红灯，他指着给我看："瞧，那是我打工的地方，北京最好的西餐厅。我今晚要是不陪你，就该在那里上班。"

"挣得多吗？"我问他。

"管起我的钱来了？"他笑，"放心，都交你。"

我伸出手："拿来！"

他搂我入怀："没问题，人一并拿去！"

"讨厌啦。"我挣脱他，"打个电话给黑人吧，让他一起来玩。人家替我在门外守了一夜，我至少该请他吃顿饭才对。"

"好。"张漾说。

可是黑人的电话却始终打不通。

张漾无奈地挂了电话："算了，他知趣，不做电灯泡，回头我们带外卖给他吃。"

后海超小资。我拿着 DV 拍个不停，张漾超上镜，我鼓励他去做明星，赚几千万给我花，他苦着脸说："天下最毒妇人心。"

不过花他的钱，我总是不安。从后海回来的路上，经过一家小店，衣服很漂亮，他拉我进去，我们看中一件粉红色的外套，他一定要买给我，我嚷着太贵不愿意买，他把两张红色的人民币往人家桌上一拍："给我包起来！"

整个一暴发户。我用 DV 拍他的衰样，他用手来挡，我躲开继续拍。

他却正经起来，对着镜头，当着店员的面深情表演："我爱我媳妇李珥同学。"

我装呕吐，跑出了小店。

他拎着纸袋出了店门，非要让我把新衣服套起来，我依言穿上了，他退后半步，捏着下巴看着我："挺好，现在看上去超过十八岁了。我没有犯罪感了。"

我哭笑不得，内心的小温暖却反复冒泡，爽得不可开交。

他拿过我手里的 DV，反过来对着我说："请问李珥小姐，你现在是什么感觉？"

我伸长双臂："我长大啦。哈哈哈。"

这回轮到他作呕吐状。

就这样，我们一路打打闹闹，回到黑人家的时候，已经是晚上十一点半，四合院里灯火通明，围了一圈又一圈的人。张漾拦住其中一个人问："怎么了，发生什么事了？"

"有人死了。"

"谁死了？"

"听说是个妓女。"那人说完，匆匆而去。

我的心里一下子就浮现出宝贝的样子，早上出门的时候，她一个人站在院子里，拿着黑包，鼻青脸肿，看着我们离去时忧伤的神情。

虽然我们并不熟，但我还是真心希望出事的人不是她。

"这里今晚看来是不能住了。"张漾说，"你站在这里，我去跟黑人打个招呼，然后带你找个别的地方住。"

我们正说着，就见黑人被几个警察押着出来了，他的手上戴着手铐，在拼命挣扎："不关我的事，你们搞清楚了再抓人！不关我的事！"

张漾追上去，警察不许他靠近。

黑人见到张漾，如见救星，大声呼喊："漾哥，救我，不关我的事！他们陷害我！"

张漾喊着话，冲黑人做着手势，但我不知道黑人有没有听见，因为他已经被警察塞进警车，飞快地带走了。

张漾退后，脸色苍白。我上前抓住他的手，安慰他："不会有事的。放心吧，会查清楚的。我相信肯定跟黑人无关。"

死的人，确实是宝贝。她被人在胸口插了一刀。那刀不偏不倚，正中心脏，当场毙命。

刀是黑人的。

我见过。

就是他随身带的那把弹簧刀。

黑人说不清楚刀是何时丢掉的，也没有不在场的证据，警察从他的小屋里搜到了一个小黑包，里面装的全是海洛因，上面有他和宝贝的指纹。

所有的证据均对黑人不利。一旦罪名成立，他必被判死刑。

我们去了公安局，把昨天和今天早上的事都说了一遍。黑人在北京没亲人，我们最终也没被获准和他见上一面。从公安局出来，张漾的脸色很沉重，他对我说："小丫头，看来，我得去找点别的路子。"

"有什么办法呢？"我问。

"你别操心了。"他说，"这是我的事。"

"要不，我先回去吧，不在这里给你添乱。"

他想了想说："也好，就是委屈你。"

"哪里的话！"虽然对他的不挽留心里感觉有些空空的，但我知道，他是个重情重义的人，黑人的事的确非同小可，我应该理解他。

他一直送我到车站，替我买好了返程的票，还买的是软卧。我知道他救黑人需要钱，于是趁他排队买票的时候，在火车站附近的一家银行，把我卡上所有的钱都取出来给他，可是他却无论如何也不肯要，统统替我塞回我的背包。

"对不起。"他拥抱我说，"你这次来，也没能陪你好好玩，本来说好去爬长城的。"

我捂住他的嘴不让他说下去。

他亲吻我的手心："乖，在上海等我，我把黑人的事处理好，立刻去看你，把这一切都补回来。"

"嗯。"我说，"你也别太心急，注意自己的身体。"

他的手机就在这时候响起来，我听到他跟对方说："好的，我马上就过来。你稍等我一会儿。"

"我自己上车就好啦。"我对他说。

"行吗？"

"放心吧。"我强作欢颜，"我是老江湖啦。你去吧！"

他用力抱抱我，转身离开。

　　我总是无法忘记与他的每一次别离，心头像被谁无端挖去一块肉，疼得不知道该如何是好。我掉转头独自往拥挤的车站里走，拥挤而陌生的人群完美地掩护了我的失落和孤独。

　　快到候车室的时候，我捏着票，忽然做出一个决定。

　　我不走了。

　　我要留下来。

　　我不能在这个时候离开他。虽然他不一定需要我，但留下来，是我必须要做的一件事。

　　就这样，我掉转方向，又一次没有选择地跟自己的内心妥协了。

_03

　　如果，我是说如果，如果那天我离开了北京，或许事情就会变得不一样。我什么都不知道，什么都没看见，就会依然感觉幸福。

　　然而，不幸的是，那天我没走。

　　我退掉了当天的票，改签了七号晚上的，我打算自己在北京好好玩一玩，然后六号晚上突然出现在他面前，非要让他狠狠吃上一惊不可。

　　独自旅行对我而言是一件轻车熟路的事，虽然那几天他不在我身边，但我感觉很快乐。我找了一家比较经济的连锁酒店住下，去了长城，也去了一直想去的荣宝斋、琉璃坊、潘家园，玩得非常尽兴。这期间我一直在跟他发短消息，他告诉我黑人的事已经有了眉目，而他自己，已经恢复去西餐厅打工。

　　我问他："你可想我？"

　　他说："非常。"

我说："我现在要是还留在北京，你会怎么样？"

他说："那还用问，使劲折磨你呗。"

我不敢再发，他是聪明人，戏演过了就会穿帮。所以我收起手机，专心逛起街来。在 77 街的地下商场，我挑了两件特别漂亮的长袖 T 恤衫，粉色的，一件大，一件小，一件是我的，一件是他的。上面有我喜欢的图案，两只可爱的小猫。我担心他会嫌它幼稚，但我想好了，他要是敢不穿，我就对他下毒手，用鞭子抽到他穿为止。

六号晚上，我先给他打了个电话，他接得很匆忙，告诉我在去上班的路上。我憋出无比痛苦的声音："我心情不好，你能陪我聊聊吗？"心里却笑得直打鼓。

"你怎么了？"听得出他有些着急。

"说不出，就是心情非常非常非常不好，非常非常想你。"

"亲爱的。"他犹豫了一下说，"我上班要迟到了，等我下班好吗？"

"那你几点下班呢？"

"十二点。"他说，"一结束我就打电话给你。"

"但我那时候可能要睡了。"

"那我明天一早打给你。"

"不，我就要现在聊。"

"好好好。"我听到他发动摩托车的声音，"那我就一面骑车一面陪你聊，说说看，为啥心情不好？"

"算了！"为他的安全着想，我装作生气挂了电话。

他没有再打过来，我心里还是有点不甘。想起他以前捉弄我的种种劣迹，我发誓要将恶作剧进行到底，所以一不做二不休地发了一个短消息过去："你这么不在乎我，我们分手吧。"

然后，我把我的手机关掉了。

我回到宾馆，看了几集无聊的电视剧，吃完了一大堆的水果，喝光了一大瓶的酸奶。夜里十一点四十五分，我凭记忆来到了他上班的那家西餐厅。

西餐厅名叫"圣地亚"。

我在路边一盏路灯下坐下，去附近的超市买了一根冰棒吃着等他出来。

我穿的是他替我买的新外套，想象着他下班的时候，我若无其事地从他的面前经过，看他眼珠子掉下来的场景，忍不住嘻嘻地笑了起来。

北京秋天的夜晚，真是美丽。

我这个聪明人，自以为什么都想到了，可偏偏忽略的就是，命运真是爱开玩笑，我屡屡想制造的惊喜，带给自己的都是烦恼。

那天，我没有等到张漾。

十二点的时候，他的同事告诉我，他昨天已经辞职。

他骗了我。

可是，他为什么要辞职？他会在哪里？

他同事主动告诉我说："他去一家新酒吧做经理了，是一个歌星开的，以后都不会来这里了。"

我脑袋里"轰"的一声，本来不想问，却还是忍不住问下去："是蒋雅希开的酒吧吗？"

他同事说："应该是的吧，好像是今天开业，你去看看吗？"

难怪他那么忙，难怪我说回上海他一点也不挽留我。原来，今天是蒋雅希的酒吧开业；原来，他还在替蒋雅希做事；原来，我一点儿也不了解他。

我回到宾馆，把在宾馆小卖部买的烟掏出来点着了抽，三五的，肯定是包假烟，抽得我眼泪鼻涕全都下来了。我固执地没有开手机，本来属于这个夜晚的所有幻想中的浪漫被现实击得落花流水。我躺在那里想了很久，然后爬了起来，跑进了一家网吧，我在网上很容易就查到了关于蒋雅希酒吧的消息，看来，全世界都知道她开了一家新酒吧，除了我。

我怀着一种"赴死"的心情，决定去看个究竟。

万事猜来猜去都得不到踏实的结局，迎头面对痛苦，或许是最好的方式之一。

凌晨两点多，我找到了那里。很幽静的一家酒吧，远不如我想象中的那么张扬，酒吧的名字只一个字：皎。我知道，那是蒋雅希的真名。在蒋雅希成为蒋雅希之前，她叫蒋皎，那时候全天中的人都知道，她是张漾的女朋友。

我站在门口思考了一下，打算走进去，但被保安拦住，说是要会员证。

我说我没有，他说："很抱歉，我们这里只接待会员。"

"可我是蒋雅希的朋友。"

"来这里的，都说是她的朋友。"保安微笑着说，"我看你还是不要在这里等签名了，她已经回家去了，你等不到的，快点回去睡觉，明天还要上学吧。"

他居然把我当成了追星族。

我抱着我的小背包退到路边。路灯将我的身影拉长成无限的孤独。我拿出手机，用颤抖的手打开它，我希望它会在暗夜里忽然响起来，是他的声音在耳边说："我想你了，小丫头。再说分手我扁你！"

可是，连一条短消息都没有。

他是没空看手机，还是根本就不在乎我说的话？

我准备主动打个电话过去，就在我拨出号码的那一刻，我看到他从里面走出来，他和蒋雅希靠得很近，同行的还有另外两个人，看上去都是明星。他和他们谈笑风生，非常熟悉的模样。他穿了一套西服，我从没见过他穿西服，我不知道原来他穿西服是这么好看，我不知道原来他和明星们站在一起是如此合拍。

那一刻，他离我如此遥远，是我拼尽全力也无法靠近的距离。

他的电话响了，他接起来。

电话是我刚刚拨出去的，可是，我的耳朵忽然听不见他在不在说话，我的喉咙忽然就哑了，发不出任何声音。

他"喂"了半天，把电话挂掉了，冲蒋雅希耸耸肩，替她拉开车门。我躲在暗处看着蒋雅希，蒋雅希真的是越来越漂亮了，她穿着很漂亮的裙子，披了条看起来很华丽的披肩，头发上插了一朵红得炫目的花，吹弹可破的皮肤，和我记忆中的那个她已经有很大的不同。她冲张漾一眨眼，高贵地笑着，钻进了车子。

他也上了车，白色的宝马很快绝尘而去。

我捏着手机，站在那里良久。

保安也许是无聊了，见我一直站在那里，就走过来劝我："小朋友，快回家吧。你也是的，等这么久脸皮这么薄，刚才冲上去，准要到签名。"

我如中了魔咒，整个人僵在那里，完全没有方向。

"千万不要哭啊。"保安同情地说，"我保管替你要到，这里明星来得多，你要谁的签名我都替你要，你下次来找我讨！"

这个世界上有很多的好心人，只可惜，我总是不能在这之前很好地看明白。

我只是一个"小朋友"而已。或者说，一只不自量力的丑小鸭。名人，名车，名牌……这一切他可以轻易融入，却永远离我甚远。

这些耻辱，是我自己加给自己的，怪不得任何人。

我回到宾馆的时候不知道是几点，房间里还弥漫着我刚才抽过的烟留下的烟味，浓重的，推开窗也挥之不去。于是我点了烟继续抽，我看到我之前放在床上的 T 恤衫，两件一大一小，衣服上的猫睁着无辜的大眼睛同情地看着我。我想起他穿西服的样子，真是帅得让我心碎。于是我拿起手里的烟头，在那件无辜的衣服上烫出一个又一个的洞。

我曾经愚蠢地以为，我的青春已经全部被他填满，连遗憾都再也容不下一点点，谁知道一夜之间就变得如此的千疮百孔不堪一击。

我的手机忽然响起来。是条短信息，他发来的："你睡了吗？晚上一直在忙，到现在才有空。想你一定睡了，明早电你，祝你好梦，吻你。"

他一直在忙，这我知道。

我看着那条信息，忽然想起很久前的那个晚上，他用膝盖一下一下用力地撞击吧啦的腹部，吧啦痛苦的表情让人不寒而栗。他是个狠人，我不该忘掉。但我宁愿他像揍吧啦那样来揍我一顿，也不愿意选择这样的结局。因为，外在的伤痛总能痊愈，而我，从此是个带有内伤的人，一生一世，残疾地活着，该如何是好？

吧啦，难道这就是爱情真正的面目吗？你以为你运筹帷幄，其实永远都弄不明白它会长成什么样，是吗？不管有多么的舍不得，我们都只有笑过之后，长歌当哭。举手之间，让尘埃落定。是吗？

吧啦，你不在了，他，来过，但也不在了。

吧啦，可是我还是我，我发誓，我不要像你一样。

绝不。

_ 04

深秋季节，我的左耳开始疼痛，有微微的红肿。有时候出现幻听，好像听到谁在喊我的名字，小耳朵小耳朵，声声不息。要不就是一首年代久远的歌："等待等待再等待，我和你是河两岸，永隔一江水。"反复来回。我只知道这是许巍的歌，我曾经在网上查过这首歌的名字，但一直没查到。我想我永远也不会知道，有些事，永远不知道该有多好。

我又陷入整日读书的日子，琳不见了，我独自在图书馆，读一个又一个的故事，在别人的爱情里给自己一个放肆流泪的理由，我坚持着不让自己崩溃。不碰电话，不上网，我咬紧牙关，让自己从他的世界里消失，从我们的爱情里消失。

他打过两次电话到我宿舍，我都让别人接了，说我不在。

后来他不再打。从决定放手那天起，我就从没妄想过他会怎么样，纠缠不是他的性格。这样也好，我们各自对付自己的伤口，谁也不必负担谁。

我与旁人不同，每次失恋，日子都过得飞快。清晨醒来就到夜晚，一日复一日，不让任何人看出我的孤单。唯一失态的一次是同宿舍一女生买了一个新的音箱，电脑正放的是蒋皎的歌《十八岁的那颗流星》，我进宿舍的时候她们正听得津津有味，歌已到高潮："没有人能告诉我，永远啊到底有多远，我们不再相信地久天长的诺言，岁月将遗忘，刻进我们的手掌，眼睛望不到，流水滴不穿，过去过不去，明天不会远……"

我愣在门口很长时间，然后走过去，关掉了音箱。

有人重新扭开了它。

我又关掉了它。

她们看着我。

"对不起。"我意识到自己的失态，奔出宿舍，跑到宿舍外的空地深呼吸。

不哭不哭就是不哭！偏不哭，谁哭谁是笨蛋白痴神经病！

等我再回去的时候有人替我打好了开水，泡好了茶，床头还有几枝新鲜的花，有张小卡片："祝李珥快乐。"我拥抱下铺的女孩，还是没有哭。既然全世界都目睹我的失恋，我就更要坚强，不让任何人失望。

再见到琳已经是圣诞的前两天。

她毕业后留在了上海，在一家知名的报社做记者。这是她喜欢的工作，虽然忙，整天在外面晃，但很开心。她和那个胖男生在郊区租了房子，胖男生进了一家外企，工资很高，呵护她似小孩。他们的小日子过得有声有色。上帝知道，我多么羡慕她。

琳剪了短发，看上去更能干更利落。一见面，她就拉着我的手说："我的妈呀，你怎么瘦成这样？"

"有吗？"我跟她乱扯，"兴许是衣服穿多了，脸看着就更瘦了。"

"是不是遇到什么不顺心的事了？"

"我跟张漾分手了。"我老实交代。

琳倒吸一口气："怎么搞的？这么快就结束了，到底出了什么问题？"

"他不爱我。"

"怎么会！"琳说，"白痴都知道他爱你，是你太任性了吧？"

我不出声。

琳叹息："你手机不通我心里就知道不妙，不管怎么样，高兴点，别折磨你自己。再瘦下去我可饶不了你。"

"不会的啦。"我朝她微笑。

"真不觉得可惜？"她问我。

"可惜。"我继续微笑，眼泪却控制不住地掉下来。这是我决定和他分手后第一次掉眼泪，它们贮存在那里已经很久很久，所以滔滔不绝。琳是亲人，所以不必掩饰。我耳朵里的幻听又来了："等待等待再等待，我和你是河两岸，永隔一江水。"我用力捂住我的双耳，琳心疼地抱住我，在我耳边说："如果实在丢不开，就再去争取呗。退一万步讲，如果他真的爱上别人，也不值得你留恋啊。"

劝别人的时候，我们一向都是振振有词。

我奋力擦干眼泪："不说他了。很快就没事。你呢，过得好不好？"

"你不好我怎么能好？"琳责备地看着我。

"我只是需要时间恢复。"我说，"放心，我会好起来的。"

"我来是想告诉你一件事。"琳说，"但现在我不确定该说不该说。"

"如果是张漾的事，就不要说。"我说，"这个人已经从我生活里抹掉了。"

"如果是许弋呢？"琳问。

"许弋？"我惊讶，"他怎么了？"

"不太妙。"琳说，"大约是在两个多月前，有次我在酒吧采访时遇到他，他喝得很多，烂醉如泥，吐得浑身都是，我把他送回了学校，才知道他已经被学校开除了。"

"也不关我的事。"我说。

"他已经不再是以前那个许弋了，胡子留很长，瘦得不可开交，看上去很疲惫，他被开除是因为他在学校推销摇头丸，被警察抓过好几次。"

"不关我的事。"我又说。

"你听我继续说。"琳说，"那天我把他送回他租的房子，走的时候，留下我的名片在他的床头。昨天他来找我，给我一张银行卡，让我转交给你。"

"我？"

"是的。"琳说，"他说他还欠你一些钱一直没还，说什么也要还清。他知道你的脾气，所以想请我帮忙转交。"

"你拿了他的卡？"

"没有。"琳说，"我觉得我不能替你做这个主。我感觉他不对劲，因为他说话的语气怪怪的，让我有不祥的预感。"

"那是你记者的直觉。"我说。

"也许是吧。"琳说，"他不来找你就算了，如果来找你，你还是劝劝他。有时候我觉得他也不坏，就是老走不对路，好似命不好一般。"

我笑："他不会需要我。"

"也许吧。"琳叹息，"算我多嘴。"她转头，在我的床边看到一幅画，那是一幅很奇特的画，画上是一个少女，却长了鸟的身子，且没有翅膀，少女不美，红唇似血，黑发如瀑，插一朵淡白的菊，她抬头看着诡异的夜空，眼神里是绝望的孤单。

琳尖叫："真不错，哪里弄来的？"

"朋友送的。"我说，"你喜欢就拿去好啦。"

"真舍得？"琳说，"我要挂在我家墙上。呼呼，太喜欢了，真有性格！"

"你要什么我都舍得。"

琳生怕我后悔，赶紧把画放进她的大包里，捂紧了，样子可爱之极。

那是我今年生日时张漾寄过来的一份礼物。其实我并不是很在乎生日的那种女生，但他的礼物凭空而来，还是让我狠狠惊喜了一番。决定和张漾分手后，关于他的很多东西我都收了起来，唯一放在外面的就是这幅画,现在既然琳喜欢,送给她应该是最好的去处。记忆慢慢被擦干净,心里就会透明如昨。

"今年圣诞我们还是一起过吧。"琳说,"我来接你去好玩的 Party。"

"不去了。"我说,"今年我想静一静。"

"好。"琳最大的优点就是从不强求别人。和这样的人做朋友,轻松、舒服,不会有任何压力。

第二天是平安夜,同宿舍的女生们都有安排,我打算在电脑上看一部一直没看的片子《青木瓜之恋》,却没想到许弋真的来找我。和上次一样,在我下课后,他突然出现在我教室的门口。比起琳形容的那个许弋,他显得更憔悴,靠在墙边,朝我打了一个响指。

我走近他,不禁笑起来。

他真的留了长胡子,实在不像他的风格。

"笑什么?"他问我。

"笑你的样子。"我说,"够沧桑。"

他也笑起来:"你电话关机,我一直找不到你。"

"有事吗?"我问他。

"明天我就要离开上海了,想请你吃顿饭,不知你可愿赏脸?"

"去哪里?"

"北京。"他说。

"算我请吧。"我说,"给你钱行。"

"行。"他爽快地说。

我去宿舍放了书包,下来的时候,发现他靠在那棵梧桐树下。

此情此景让我的心尖锐地不可救药地疼起来，曾几何时，也有人靠在同样的地方等我。他们的姿势是如此的相似，甚至表情也无差距。这两个人用同样的速度横穿我的爱情记忆，终究都要不可阻止地远离，多么多么的遗憾。

天已经很冷了，貌似要下雪的样子，我套上我的长大衣，那是我唯一一件黑色的衣服。我走到他面前，轻声说："我们走吧。"

"还没见你穿过黑色。"他说。

"老了呀。"我说完，朝前走。

他跟上来。

有经过的女生侧目，许帅就是许帅，就算把自己弄得乱七八糟，他依然是女生注目的对象。

我们没去酒吧，而是去了一家很普通的菜馆。记得那年我爸妈送我来上海读书的时候，就是在这里吃的饭。这么多年，它好像一点儿也没改变。所不同的是我，那时候的我怀着不为人知的理想来到上海，追求我以为值得一生追求的东西。谁知道所有的事情都在半路改变了方向，无数次的离开和相聚之后，年少轻狂如蝴蝶般飞走，最终绝望地停留在永远无法过境的沧海。如果一开始就知道是这样的结局，我不知道自己是不是还会那样奋不顾身，也许那种奋不顾身注定只属于十八九岁，翻过二字头的年龄，我们就会在世俗前毫无悬念地败下阵来。

许弋点了一些菜，我对他说："来点酒吧。"

他有些惊讶地看着我。

"陪你喝一点儿。"我说。

"你能喝多少？"他问我。

"能喝点啤的。"我实话实说。

可是那晚我喝很多，许弋曾经是个亲密的朋友，但如今已经是一个不具危险性的人物，所以我在他面前能够放开，想尝试一下宿醉到底是什么滋味。他喝得也不少，我们坐在窗边的位置，大上海华灯初上，许弋红着眼睛对我说："李珥，欠你的我永远也还不清。"

"你并不欠我。"我说，"当初都是我心甘情愿。"

他把酒杯抬到半空中，对我说："你知道吗，也有人欠我，她永远也还不清，因为……她死了。我希望下辈子她能还我，如果她不还，我就追到下下辈子，绝不饶了她。"

"你还没有忘记她吗？"我问。

"不不不，我说的那个她不是你说的那个她。"许弋叹息说，"我爱的女孩，好像都特别短命，你不跟我在一起，是对的。我明天就要离开，我今天来，就是一定要跟你说一句，你不跟我在一起，是对的。"

"许弋。"我说，"你喝多了。"

他把酒杯放下来："我没喝多，这点酒对我来说不算啥。我就是想跟你说一句，你不跟我在一起，是对的。我命不好，跟着我的女孩都没好福气。真的李珥，你不跟我在一起，是对的。"

酒让他变成一个八十岁的老太太，一句话重复数十次。

"祝你到北京一切顺利！"我转开话题，跟他碰杯。

他并不把酒杯端起来，而是直直地看着我说："李珥，你跟我说实话，你觉得我这个人到底是坏人还是好人？"

我说："说你是坏人吧，你不够坏，说你是好人吧，你又不够好。"

"你大大的狡猾。"他笑，"就冲你这句话，我非得做点什么惊天动地的坏事给你看看不可。对了，春节你回家吗？"

"回。"我说。

"我请你帮个忙，我今年怕是回不去了，你去南山的时候，替我给吧啦献上一束花。还有我妈妈的，我妈就喜欢玫瑰。你替我买那种粉色玫瑰，可以吗？"

许弋说这句话的时候，特别认真，让我相信他确实是一点儿也没醉。我想起琳说的"不祥的预感"，心忽然开始狂跳。于是问他："你去北京干吗呢？"

"去做一件一直想做的事。"他说。

"在外面照顾好自己。"我说。

"李珥，不知道以后哪个男人有福气娶你为妻。"他说，"你真是个好姑娘，错过你是我没有这个福分。"

又来了！我赶紧说："快别这么说，我是凡人，你们不是，所以才走不到一块儿？"

"我们？"许弋说，"还有谁？"

他一直都不知道我和张漾的事。如果他知道了，肯定会笑话我傻得可以。我只能笑而不语，装醉。

那晚我们从饭店出来，天空开始下雪。许弋把他的大衣套到我身上来，问我："你还记得这件衣服吗？"

我当然记得。

"我在衣服下吻过你。"许弋说，"我一直记得我爱过你。"

我抓紧他的衣服快步走到他前面去。他穿一件单薄的毛衣紧跟着我，到了校门口，我把衣服还给他，他执意要把一张卡留给我，并对我说："密码和你博客的密码一样。"

我惊讶地说："你怎么会知道我博客的密码？"

他耸耸肩："你忘了我擅长什么吗？"

"那你都看过些什么？"我相信他有这样的本事，急得差点跳起来。

"放心。"他拍拍我的肩说，"我只去过一两次。你写得那么蒙太奇，我哪里看得懂。"

虽然和张漾分手后，我再也没有更新过博客，但想到这样被人偷窥，我还是惊出一身冷汗来。

就在我没反应过来的时候，许弋忽然伸出胳膊，紧紧地拥抱住了我。他的拥抱来得如此迅速而热烈，更是让我完全失去反应。好在他并没有下一步的动作，只是好像在我耳边说了一句话，就立刻松开了手。

"再见。"他退后，微笑着跟我挥手。

我还在猜他刚才说的是什么，他已经转身，离开了。

我把许弋给我的卡塞到包里，往学校里走去，手臂忽然被人用力地抓住，把我拖到了一边。我的尖叫声在要冲出喉咙的那一刻收回，因为我看到的竟然是一张朝思暮想的脸！

他来了！他来上海了！他来找我了！我无数次地幻想过这一刻，可是当它真正成为现实的时候，我却像做梦一般一片茫然，完全失去方向！

他把我拉到墙边，大手捏得我的胳膊很疼，像是要断了一般。可是我不敢挣脱他，他用一种让我害怕的嘲讽的语气问我："你莫名其妙地跟我说分手，就是为了他吗？旧情复燃很有趣是吗？"

我拼命地摇头，说不出一句话。

他把我捏得更疼了："我在问你话，是还是不是？"

"不是。"我气若游丝地吐出两个字。

"很好。"他微笑了一下，忽然俯下身来，吻住了我。这是我所经历的最漫长的一次亲吻，就在我以为我快要窒息而死的时候，他终于放开了我，然后我听到他在我耳边说："小姑娘，圣诞快乐。"

对啊，钟声已经敲过十二点，圣诞节到了。

我看着他，我的左耳很痛，我的唇很痛，我不想说话，也不想听他任何的解释。我亲眼看到的东西永远是内心一个解不开的结。说再多，都是无用的。

"你喝酒了？"他皱着眉头说，"你告诉我这些天你到底在玩什么花样？"

"张漾，不，不，"我终于说，"我们之间已经没有任何关系了。"

"有没有关系，是我说了算的。"他说，"你认命吧。我还不准备放掉你。"

"你根本不爱我，这是何必？"

"我说过我要折磨你。"张漾说，"不知道这个理由充分不充分？"

这个恶魔一样的男人！我一脚狠狠地踹向他，他根本就不躲，甚至连嘴都不咧一下。那一脚却生生地踢疼了我的心。我转身想逃离，双脚却根本不听使唤。他笑起来，牵住我的手说："跟我走吧。"

"去哪里？"我僵持着。

"你这个小赖皮，你忘了你跟我说过，只要跟我在一起，去哪里，做什么都好吗？"他说，"看来我一定要好好惩罚你，让你长长记性。"

说完，他把我拉到路边拦出租车。我要挣脱，他不允许。一辆空车停下来，张漾正要拉开车门的时候，有人从旁边出来拦住了他。

"放开她。"他说，"你这样会捏疼她的。"

竟是许弋，他没有走！

"呵呵。"张漾放开我，对许弋说，"放心，我比你更懂得怜香惜玉。"

许弋指着张漾："你要是欺负她，我不会放过你。"

"是吗？"张漾笑，"我倒想知道，你以什么样的资格来跟我说这样的话呢？"

"我是李珥的好朋友。"许弋平静地说。

"那你听好了，"张漾说，"我是她的男朋友。"

许弋笑："你说了不算，要李珥发话。"

"你们慢慢聊吧。"我推开他们两个，往校门口方向走去。张漾和许弋都不约而同地伸手来拉我，一人拉住了我一只手，谁也不肯放。

"让李珥自己选择。"许弋说，"她放掉谁，男朋友也好，好朋友也好，都他妈自动退位。"

张漾并没有表态。他只是看着我，眼神让我心乱如麻。感觉他手上的力道开始渐渐地放松，就在他快要放开我的时候，我不由自主地挣脱了许弋。

上帝原谅我。

许弋了然于胸，笑了。他往后退了两步，大声说："哥们儿，照顾好你的女朋友。"

说完，他给我们一个飞吻，转身，潇潇洒洒地走掉了。

很久后我想起来，那是许弋留在我记忆中的最后一个印象，我的白衣少年，我的纯美初恋，我的青春时代，就这样一起定格，然后斑驳、脱落、原谅、遗忘。

_ 05

五十天。

在我们分手后的第五十天，我们终于又在一起。

这是武宁路上的一家连锁酒店，房间不大，但看上去很温馨。他让我在那张红色的沙发上坐下，给我倒了一杯热水，过来要替我脱掉大衣，我不肯。他没有强求，而是坐到床边对我说："我一早到的，办完事，就去你学校找你，结果你不在，我在校门口等了你两个多小时。"

"你来找我做什么？"我问他。

"这个问题，我要你回答。"他说。

"你确定吗？"我问他。

他点头。

"好的。"我说，"我来回答你。你来上海，是替蒋皎办事，顺便来看望一下我这个爱情的配角。对不对？"

他哈哈笑起来："醋劲儿挺大的嘛。"

"我看见过你们在一起，亲眼。"

他吃惊地看着我。

"好吧，让我告诉你，那一天，其实我没有离开北京，我独自在北京玩了几天。六号晚上，我去圣地亚找你，他们告诉我你已经辞职了。半夜两点钟，我去了蒋皎开的那间酒吧，看到你和她一起走出来。你应该记得，就在那时候，你接到了我的电话，我没有出声。你们上了一辆白色的宝马车，离开。我有没有说错？"

他无语，过了一会儿问我："那今晚呢，我亲眼看到的是什么？我们算不算扯平了？"

"那是两回事。"我说。

他哈哈大笑。

"有那么好笑吗？"我问他。

"不是，只是跟你在一起，特别开心。"他伸出手来握我的手。

我甩开他的手起身，进了洗手间，打开水龙头，认认真真地洗了脸，然后，我对着镜子，看着镜子里自己倔强的干净的脸，在心里对自己说："李珥，你该说的话已经说完，你可以离开了。"

我打开门，对依然坐在床边的他说："张漾，很遗憾，我不是你想象中的那种女孩子，我要的东西你也给不了我，所以，圣诞快乐，再见。"

我说完这些，拉开了门。我知道这一走，就是永远，九匹马也无法拉我回头。

他冲过来，拖住我，把门重新关上，把我抵在墙角。

我闭上眼睛，等着他揍我，像当年揍吧啦一样。

但我知道，只要他有所动作，我必会反抗，如果他指望我容忍，那他就大错特错了。

除了我轻轻的喘息声，房间里静极了，时间也凝固了。他却一直没有动，我睁开眼，看到他炽热的眼睛，看到他炽热的眼睛里那个徘徊犹疑的自己。他伸出一根手指，轻轻触碰我的脸，像耳语一样地说："小耳朵，只要你跟我说，你真的已经不爱我，我可以让你离开。只要你说出口，我说话算话。"

"是你不爱我。"我说。

"不许答非所问。告诉我，你到底还爱不爱我？"

我说不出话。

"说！"他逼我。

我，不，爱，你，了。

只五个简单的字，我恨死自己拼尽全力也说不出口。

"你真狠。"他说，"此情此景，居然可以做到不哭。"

我哼哼。

"听我解释。"他说，"好不好？"

"不好。"

"那就不解释。"他说，"陪我睡觉好不好，我困死了。"

我"不好"两个字还没说出口，他已经拦腰抱起我，像扔皮球一样地把我扔到了床上。我以为自己在劫难逃，他却捂住我的嘴："别尖叫，更别想入非非，在你正式做我老婆前，我不会对你下毒手。"

我哼哼。

他笑："小猪才老哼哼。"

"你这样是不是因为你不够爱我？"我不知死活地无理取闹。

"你真不知死活。"他说。

我就继续不知死活地看着他。

"不是。"他却换了口气，温柔地说，"你冰雪聪明，应该知道为什么。一个人犯同样的错误是可耻的。我不想冒险，更不想让人痛苦。明白吗？"

我当然知道他说的是什么，眼泪终于控制不住地流下来，他好像很满意的样子，俯下身，温柔地吻干了它们。

"你终于肯为我流泪。"他说。

我呜咽："我是为我自己流泪。遇到你这样的流氓……"

他哈哈笑："你今晚也可以不用选择我，跟那个绅士走嘛。"

我对着他的左耳，狠狠地咬了下去。

他哇哇叫，跳得老高，捂着耳朵喊："好啊，你把我咬聋了，跟你一样听不见了，看你下半辈子怎么办！"

我破涕为笑，一口恶气总算出掉大半。还剩一小半，留待下回分解。

那夜我们相拥入眠。我醒来的时候，是清晨九点多钟，他仍在沉睡，眼角带着笑意，我轻手轻脚地想挣脱他，他忽然睁开眼，拉住我不肯放："去哪里？"

"上学噢。"我说，"前两堂课都泡汤了。"

他睁开眼笑："你是不是从来没逃过课？"

我点点头。

他继续问："你是不是从来没夜不归宿过？"

我点点头。

"你是不是从来没有……"

"闭嘴！"我捂住他的嘴，不许他说下去。他哈哈大笑："你跟着流氓学坏了，好可怜啊。"

"张漾，"我靠在他的胸前问他，"我们会不会分手？"

"你说呢？"

"我很怕，我没有安全感。"

"我是为了黑人。"张漾说，"只有她父亲有办法救黑人。我不能让黑人坐牢，你也知道，黑人以前绑架过蒋皎，这是个难解的过节。我们分手后，那是我第一次求她，她同意帮忙，并费了很大的口舌说服了她父亲。提出的唯一的条件就是让我替她管理一阵子新开的酒吧。我没有理由拒绝。"

"你明明知道她是借机接近你。"

他哄我："别把你老公当万人迷，就算我是万人迷，一颗心也只在你身上，你有什么可担心的呢？"

"那黑人怎么样了？"

"案子还在查，有个关键的人物还没找到。蒋皎的父亲一直在帮忙找。"张漾说，"北京太大了，以前喜欢大城市的繁华，现在特别想念老家，觉得毕业后到天中当个老师也不错啊。"

"算了吧。"我哼哼，"流氓头子带一群小流氓出来吗？如果是那样，我真替祖国的花朵们担心。"

"别担心。"他说，"你看，就算跟了流氓，小耳朵也永远是小耳朵。你说是不是？"

我憧憬着："那等我毕业，我们就回去好不好？一起到天中当老师去，我教语文，你教数学，带一个天下无双的班出来。"

他笑："跟着你，在哪里，做什么，都好。"

我的心软了，什么恨都没了。那一小半的气也轻松分解了。我从床上跳下来，拉开窗帘，发现雪依然在下，上海很少见到这么大的雪，一片一片，在空中飞舞成绝美的画面。我心情大好，给琳打电话，让她晚上请我玩。她说："咦，这么快想通了？要不要介绍新男朋友给你，我们报社有个小孩子不错呢。"

电话用的是免提，张漾忽然发声说："你想我带把刀去制造血案吗？"

那边的琳吓了一跳："谁？"

"漾哥。"我说。

"死样的一对。"琳说，"好吧，你们在哪里？晚上我找车来接你们。"

"非白色宝马不坐。"我故意气张漾。

他暴力依旧，差点扭断我的手，我尖声大叫，琳才懒得理我们，吩咐我把地址发到她手机上，就挂了电话。我摸着我劫后余生的手，委屈地看他，他很凶地说："看什么看，再看我就把你吃掉！"

我又一次偃旗息鼓，可耻地败下阵来。

06

那真是我记忆中最欢乐的一个圣诞节。

琳和她的胖男生开了车来接我们去参加在新天地举行的一个狂欢 Party。车是胖男生公司的，他刚拿到驾照，开得有些东摇西晃，把我们吓得要命。其实他已经没有原来那么胖了，但琳还是口口声声地叫他胖子，还逼着我和张漾也要叫他胖子。胖子好脾气地笑着，还给我们吃他私藏起来的德国巧克力。我们参加的 Party 是专为情侣举办的，门票很贵，每对情侣可以拿一个号，主办单位有抽奖的活动，一等奖是我最想要的，一台新款 iPad。结果我们的号是69，得奖号是 96，气得我差点当场晕过去。

最后我们四人一人抱着一个纪念品，五块钱的小毛毛熊，你看看我我看看你，表情巨失败。胖子不尽兴，把熊顶在头上，提出开车到郊外玩。琳质疑他的车技，张漾说："没关系。我可以开嘛。"

我问张漾："你会开车？"

他满不在乎地说："两年前我就会了。"

我的心里酸溜溜的，对了，他要开宝马，不拿驾照怎么行。

"OK。"琳说，"我们出发！"

张漾的车技的确比胖子要好些，除了启动的时候稍显生疏，路上倒是没出什么意外。就这样，在胖子的指挥下，车子一路开到郊区，上了一条高速，胖子说再开出去三十多公里，有一个特别空旷的地方，那里的夜空是最漂亮的，特别适合恋人去玩。琳从后座站起身来，"啪啪啪"拍他的脑袋说："你怎么会知道？说，你都跟谁去过？"

胖子捂着头："我练车的时候经过的！"

张漾忽然说："坐好啊，忘了告诉你们一件事，我没驾照，平时也没练过车，大家最好小心些。"

说完，他猛踩急刹车，车子呼啦一下急停在路边。

车上三个人面如土色。

张漾哈哈大笑："这是送你们的圣诞礼物，吓了一大跳吧。"说完，他重新发动车子上路，我和琳在后座尖声大叫。

叫完后，胖子小心翼翼地问他："要不，还是我来开吧？"

"大家坐好。都不许说话。"张漾双手离开方向盘说，"不然我就玩脱把。"

我和琳睁大眼睛面面相觑，胖子赶紧闭了嘴，坐直，好半天动都不敢动。过了许久，琳才附到我耳边悄悄说："老天，你嫁了个浑小子。"

我嘿嘿地笑。

我就喜欢他这样来回耍酷。

酷到毛里求斯啦，呼呼。

四十多分钟后，我们到了胖子说的那个地方，真的很神奇，夜空显得又高又远，冬天也可以看到那么多的星星，还有很大的石头，一块一块的，在黑暗里神秘而有趣地分布着。胖子大声宣布说："我也有圣诞礼物给大家哦。"说完，他跑到车子那边，打开后备厢，抱出一个大纸箱来，得意地说："啦啦啦，请看大屏幕！"

我的妈呀，竟是一大盒子烟花！

琳激动死了，抱住胖子，一阵乱吻，直夸他是天才。张漾拿出一把烟花，拉住我说："走，小丫头，我带你到最高那块石头上放去！"

那块石头很难爬，有些摇晃，琳直叫我们小心。张漾回身对她说："放心啦，我俩是属猴子的。"言语中，我俩已飞快地爬了上去，看得琳和胖子目瞪口呆。

"上来啊。"张漾喊。

"哇！"我伸长双臂，尖声大叫，"这里离天好近啊！"

琳和胖子始终没敢上来，他们挑了一块矮许多的石头欺负，比我们先放起烟花来。张漾把烟花放下，搂住我问："怕不怕？"

我摇头。

"今年回家过年，我们再去那个屋顶。"

"好啊好啊。"我把头点得像小鸡啄米。

"亲爱的，我想肉麻一下，告诉你我很爱你。"张漾说，"这五十天，我每一天都不好过。"

"你再欺负我，我就离开你五十年。"我警告他。

"我不敢。"他说，"也不会。"

他很少这么温柔，反倒让我有些不习惯。

"别再让我吃醋。"张漾说，"我不想看到别的人拥抱你，尤其是他。"

"其实我们没什么了。"我说。

"那当然。"他说，"我这点自信还有。"

"你还恨他吗？"我问。

张漾并不回答，而是放开我："来，我们跟琳他们比赛！"

我从后面抱住他，轻声说："答应我，忘掉过去的仇恨，我们过自己的新日子，好不好？"他还是没有答我，而手里的烟花已经点着了，一飞冲天，在天空开出一朵一朵彩色的花。我不确定他有没有听到我说的话。

那天真是玩疯了，回到宾馆已经是早上三点多钟。张漾把我拉到沙发上坐下，从提包里掏出一个盒子，递给我说："我也有圣诞礼物，看看你喜不喜欢？"

我完全没料到，那是一部 iPhone 4 ！

"你的手机太旧了，我一直想替你换一个。"张漾说，"这款很适合你呀。"

我盯着他，很白痴地问："很贵吧？"

"买给你的东西，再贵都不算贵。"张漾问我，"希望可以弥补昨晚 iPad 的遗憾，喜欢吗？"

我拼命地点头，然后说："iPad 可以明年买。"

"我命苦，娶了个这样的老婆啊。"他一面叹气一面替我把旧手机里的卡拿出来，装到新手机上去，递给我说，"答应我，以后永远都不许换了电话卡不告诉我。"

"不换了。"我说，"再换就死给你看。"

他对着我龇牙咧嘴："要死一起死。我做鬼也缠着你。"

"讨厌啦。"我推开他。

他拍拍我的背说："好啦，不逗你玩了。我明天要赶回北京，学校要考试了。黑人的事我也还担心着。你也该困了，洗洗睡吧。"

"哦。"我说。

我洗完澡出来，晨曦已经微露，张漾靠在沙发上，好像已经睡着了。我把窗帘拉上、灯光调暗，走到他面前。我记得以前，他很爱戴鸭舌帽，不过已经好久不见他戴了。还有上次，我见他穿西装的样子，好像都和现在这个他有很大的不同。我就这样傻傻地看着这个我心爱的男孩，努力回想记忆中的那个他，想起对他从憎恶到隐约的喜欢到最终的排山倒海。爱情就像是场谁也无法掌控的奇异游戏。进入迷阵就只能冲锋陷阵，管他是死是活。

他忽然睁开眼，问我："我睡着了吗？"

"好像是的。"我说。

"你在干吗？"他问我。

"我在看你。"

他笑。

我伸长手，把灯关了。房间里忽然暗下来，除了他送我的新手机上蓝色的时钟在闪烁，其他什么也看不见，我甚至看不清他的脸。

黑暗中，我鼓足勇气轻声对他说："我也有圣诞礼物。"

他伸出手，抱紧了我，我沉溺于他的怀抱，付出一切在所不惜。他抚摸我的脸，终于寻找到我的唇，又是一个漫长无比的亲吻。我怕极了也幸福极了，以至于浑身发抖。直到他在我耳边问："亲爱的，你愿意给我生个孩子吗？"

我点头。

"最好是两个，一个男孩，一个女孩，我们牵着他们，在巴黎的街头散步。你说好不好？"

我低语："跟着你，在哪儿，做什么，都好。"

"我会拼命让你幸福的。睡吧，你困了。"说完，他把我抱到了床上，给我们盖上了被子。我以为他会有下一步的动作，但他只是抱着我，什么也没有做。

天应该亮了，他应该很快就睡着了。我听着他的呼吸，转过身，默默流下了眼泪。我不知道自己从哪天起变成了这样一个没脸没皮的女孩，我这边早已红尘滚滚，别人却还依旧云淡风轻。这到底意味着什么呢？

但不管别人如何，我知道自己已经无可改变地蜕变成那只曾经名叫"吧啦"的飞蛾。只是我一定要幸福，哪怕幸福是场表演，我也会尽力演好每一场戏。时间是最好的布景，而我将是他生命里最炫的主演，谁也无可替代。

想到这里，我抬手，偷偷把眼泪擦得干干净净。

07

期末考试结束了，我收拾好行装，准备坐当天的火车回家。

就在那时，我接到张漾的电话，他兴奋地告诉我黑人的案子终于查清了，元凶被抓到，黑人被放了出来。

"以后都没事了？"我问。

"没事了。"

"那你还要替蒋皎做事吗？"我小心眼地问。

他哈哈笑："怎么，对我不放心？"

"有点。"

"那等我回家，把心挖出来，给你存着，你就放心了。"

"不错的建议哦！那你何时回家？"我问他。

"就明天，我和黑人一起。"张漾说，"今晚我要把酒吧的事安排一下，还要跟黑人好好喝一杯，高兴高兴！"

"不许醉了，早点买票。"

"放心吧，我们票都买好了。这小子好多年没回家了，比我还要兴奋。"

我明知故问："你兴奋啥？"

他态度极好地配合我："要见老婆，能不兴奋吗？"

我嘻嘻笑，小心眼立刻变得喜气洋洋。瞧，托漾哥同学的福，我已经在短短一年内成功地变得如此的俗不可耐。阿门！

我下了火车，还是尤他来接的我。他还是穿着那件笨笨的黄色大衣，看上去还是像只可爱的大熊。我顺手把我圣诞节晚上得奖的那只小熊送给他："给你，配成一对！"他傻傻地接过去，看着我握在手里的 iPhone 4 问："换新手机了？"

"嗯哪。"我说，"你过完年就走？"

"是的。"他说。

我跟着他默默地走，火车站人很多，一直打不到出租车。我们站在路边，尤他忽然问我："李珥，你喜欢中国吗？"

"哇。"我说，"好大的话题。"

"我这一出去，恐怕就不会回来了。"

"大过年的，好在你没说回不来了。没事，想回来的时候再回来呗，不要把话说得那么绝对嘛。"

"如果要回来，只有唯一的一个理由。"

"哦？"我转头看着他，"说说看。"

"那就是有一天你和张漾分手，并答应嫁给我。"

"你……神经呢。"

"你记住，我说的是认真的。"尤他说，"我本来想两天后再跟你说，但我现在不想等了。李珥，我没开玩笑，我对你，从来都不敢开玩笑的。我可以等，不管到哪一天，只要你愿意，我都在那里等着。你千万不要忘记。"

我埋着头，不让他看到我潮湿的眼眶。这个跟我一样倔强的好孩子，这个跟我一起长大的好孩子，这个目睹我所有悲欢离合的好孩子，我忽然有种冲动，想抱抱他，毫无欲念地，像抱一只可爱的毛毛熊一样抱抱他。

当然只是想想，我不会这么做。

那晚，我终于把我和张漾的事告诉了妈妈。妈妈抚摸着我的头发说："妈妈相信，我的女儿不会看错人，他爸爸我听说过，人那么善良，儿子一定错不了。"

"嗯。"我靠着妈妈说，"我真的很爱他。"

"那等他回来，我们请他和他爸爸一起吃个饭。"妈妈说。

"不必那么正式吧。"我说，"他很怕正式场合的，会紧张。"

"将来要娶我女儿，怕这怕那的可不行。"妈妈说，"对了，他毕业后要留在北京吗？你们有什么打算？"

我说："他想回天中教书，我也想。"

"哈哈。"妈妈笑，"挺好。"

"妈妈。"我问她，"和尤他比，你是否对我失望？"

"不会啊。"妈妈说，"小时候你心脏不好，听力不好，多病多灾，我那时候就想，你能快乐平安地长大，妈妈就很开心了。"

我很感动，相信她说的是肺腑之言。

和妈妈聊完天，我回到自己的小屋，一切都没有改变，我的小床，我的写字台，我的电脑，我的十七岁。我习惯性地打开电脑，收藏夹里有我的博客"左耳说爱我"。因为在学校上网不方便，我已经有很长时间没有更新过它。

我点开，输入密码，进入。

黑色的底，满天的星星，我几乎不认得。题图上是百合，一片纯白，美得炫目。一行字若隐若现，做成耳朵形状的 flash 不停在闪烁："小百合，我一直记得爱过你。"

我知道是谁干的。

我一直记得爱过你，多好。

小百合？我忽然觉得自己幸福无比。我抱着枕头，看着天花板，房间里是我喜欢的气息，属于我自己的独特气息，不管离开多长多久，从来都没有改变过的亲切气息。想到已经跟妈妈坦白，这次张漾回来，我就可以请他在我房间里坐一坐，把他大大方方地介绍给我的爸爸和妈妈。我忍不住微笑起来。

妈妈轻轻地敲门，唤我的名字。

"请进。"我说。

她推开门："出来吃点水果，爸爸特别到超市去给你买的，有你最喜欢的红提。"

"好嘞。"我出去，洗干净手，坐到客厅的沙发上，一面吃东西一面看电视，有个台正在播蒋皎的 MTV，一首新歌，唱得缠缠绵绵。我不想看，飞快地按过去了。妈妈说："这个人好像是你们天中的吧？"

"是。"我说。

"听说他们家很有钱，把女儿捧红了，全家都搬北京去，女儿摇身一变，还成香港人了。真是有意思。"

爸爸摇着头："娱乐圈什么事没有！"

我真想告诉他们，我和蒋雅希是"情敌"，怕他们晕过去，硬是没说。我吃完水果回到房间给张漾发短消息，他一直都没回。我只好打电话过去，谁知道电话关机。我又打黑人电话，也是无法接通，不知道他们在搞什么，我只希望他们不要喝得烂醉，不记得爬上回来的火车就好。

那天晚上我把房间清理了一下，光是收拾衣服就用了两个多小时，所以睡觉的时候已经很晚了，没料到清晨五点左右，就被手机吵醒。我迷迷糊糊地接起来，竟是尤他。

"神经病啊，这么早喊醒我。"

"李珥。"尤他的声音很严肃，"我想，你应该起来到新浪网看一看。"

"怎么了？"我说，"就算是外星人着陆了，你也要让我睡饱啊，我都困死啦。"

"出事了，蒋雅希死了。"尤他说，"昨晚她所在的酒吧发生特大爆炸案。死四人，重伤十余人，蒋雅希当场死亡。"

我的天。

"我在网上。"尤他说，"下面的你还要听吗？"

我的心乱跳起来，人完全清醒，催促他："快念。"

"除蒋雅希当场死亡外，现场还有数位死者的身份待查，爆炸发生后，现场燃起熊熊大火，酒吧几乎燃成灰烬，而该酒吧负责人张漾在自己受伤的情况下从火灾中救出十余人，最终葬身火海。张漾据说是蒋雅希青梅竹马的恋人，也有人称爆炸案是蒋雅希的新旧情人在酒吧发生口角所致，现场还有酒吧客人用手机拍下当时画面，目前案件正在进一步的调查之中。蒋雅希今年二十三岁，三年前凭借一首《十八岁的那颗流星》一举成名，被称为新一代玉女掌门人，如今，伊人已如流星而逝，但她优美的歌声会长留在热爱她的歌迷的心里……"

尤他的声音还在继续，而我已经再也听不见任何东西。

手机从我的手里跌落到地上。

我不信。

不可能，我不信。

我绝不信。

_ 08

张漾死了。

死的人还有许弋、蒋皎。

一次爆炸，一场大火，把所有的一切都结束了。

我妈我爸还有尤他整天守着我，生怕我发生任何不测。那天晚上我又上了网，互联网上关于蒋雅希的死已经炒得沸沸扬扬，在一个论坛，我看到了网友自己上传的用手机拍下来的当天的画面：

许弋疯狂地冲过去，给了蒋雅希清脆的一耳光。

张漾拖开许弋，不许他再靠近蒋雅希。

蒋雅希捂住脸，躲在张漾的身后。

许弋和张漾发生争执，许弋拔出刀，被张漾拿下。

许弋大声喊："凶手，凶手，我不会放过你！"

张漾抓住许弋，把他拼命地往外拖，几个保安上来帮忙。许弋终于被拉走，蒋雅希回转身，搂住张漾，在他的脸上吻了一下。

许弋像只愤怒的狮子，他拉开了他的衣服，身上绑的炸弹将保安们吓得统统后退，许弋狂笑着，一步一步地走近蒋雅希。

蒋雅希要躲，一个女孩忽然抱住了蒋雅希，不让她走。

张漾扑向了许弋。

……

一分三十七秒。

戛然而止。

后面的故事，只能猜想。

尤他伸出手，替我关掉了电脑。

"休息一会儿。"他说，"去吃点东西。"

"我吃不下。"我说。

我不能接受这样的事实，他前天晚上还在跟我通电话，他答应我今天回来，他怎么会死？闭上眼仿佛他就会突然出现在我面前，笑嘻嘻地对我说："小丫头，跟着你，在哪儿，做什么，都好。"

他怎么会死？

"逝者已去。"尤他劝我说，"你一定要珍惜自己。那些人，那些事，忘了吧。"

"尤他，我求你一件事。"

"什么？"

"带我去北京。我要见他最后一面。"

去北京之前，我去了南山。

我买了金黄色的向日葵和粉的玫瑰，分别放在了吧啦和许弋母亲的墓前。如果可能，我想跟张漾的父亲商量，把张漾带回来，让他和吧啦在一起，这样，他应该不会寂寞。

我在吧啦的墓前，抚摸着她的照片，千言万语哽在喉咙，泪流成河。

我承诺的，都没做到。我该如何独自负荷这后半生难解的疼痛呢？

"我们走吧。"尤他从后面扶起我说，"晚上的火车，还要收拾一下行李。"

我坚持着还要去一下郊外，尤他答应了。出租车到了那边我才发现，那里早变了模样，被夷为一片平地。那个我们曾经许下山盟海誓的屋顶没有了。烟火曾经绽放过的天空是奇异的蓝，近似透明。尤他拉住一个路过的人问，才知道是市政府要在这里建一个很大的度假村。

存在过的，就这样一夜之间统统都消失了。

"尤他，"我说，"我们回去吧。"

"好。"他温和地跟在我后面，并不多话。

黄昏又来了，我闻到初春的气息，我脚步柔软，仿佛走在云端，下一步，不知该陷落何方。

情杀？

我不相信网络，不相信他的背叛。

相反，我从来没有一刻如此深刻地感受到自己曾经被他深深地爱过。

当天晚上，尤他陪我坐火车，我们赶到了北京。黑人在车站接我们，见了我，他飞奔过来替我拎行李。我看到他的眼睛是血红的。

一路上，我们都没说什么话，直到进了四合院，门关上了，黑人忽然伸出手狠狠打自己的耳光："对不起，对不起，我没有保护好漾哥，让他出了事！"

"别这样！"尤他拼命抓住他的手，不让他再打自己，但他脸上已经是几道深深的手掌印。

我走到黑人面前，轻声对他说："告诉我真相。我要知道真相。"

"对不起，现场的情况我并不清楚。"黑人说，"那天晚上，我们约好在蒋皎的酒吧见面。因为我的事情，蒋皎的父亲的确是帮了大忙，漾哥的意思是让我跟他父亲见一面，把以前的恩怨都了结掉。下午我和漾哥先在街上逛了一会儿，他去酒吧了，我回这里拿了衣服，准备洗个澡换件衣服。兴许是要过年了，那天澡堂子里的人特别多。等我洗完澡赶到酒吧的时候，酒吧已经炸了。那里乱成一团，我当时脑子就乱了，冲进去找漾哥，看到他满脸都是血，满脸都是，还要往里冲。我抱住他不让他进去，他说许弋还在里面，他一定要救他出来。我骂他疯了，他跟我说，他不能不管许弋。我当时也晕了，不知道拦他就跟着他一起往里冲，火越烧越大，根本看不清哪里是哪里，我进去一圈，毫无收获，等我跑出来，楼已经塌了！完了！我四处找不到漾哥，我就知道，完了，完了！都是许弋那个浑球干的，都是那个浑球！"

黑人越说越激动，双手捏成拳，在地上一下一下拼命地捶。

尤他轻轻拍着他的背，示意他冷静。

过了好一会儿，黑人总算冷静下来，他走到床边，从一个大黑包里掏出一样东西来递给我："这是那天下午，我陪漾哥去给你买的。你看，他把行李都放在我家，我们准备第二天就回家的。他说，你喜欢这玩意儿，所以他一定要买来送给你。"

我打开来，是一台 iPad，我悲从中来，忍不住痛哭失声。

"小耳朵，你千万不要有事。"黑人说，"从此以后，我这一辈子只为两个人而活着，一个是你，一个是张漾的爸爸，只要你们需要，我会随时出现在你们面前。"

我把 iPad 握在手心，那上面好像还有他的体温。我趴在桌上，全身无力，心像被谁来来回回地用力撕扯，疼得不可开交。

黑人对我说："你别信网上那些鬼话，漾哥真的很爱你，就那天陪他去买电脑，他挑来挑去，我骂他腻腻歪歪，他还跟我说，你是这个世界上最值得他付出的女孩子，他怎么可能看得上那个婊子呢，都怪许弋那个浑球……"

"黑人，别说了，"我打断他，"我们去看看他吧。"

"现在没法看。"黑人说，"现场烧得一塌糊涂，死了的人有十几个，警方正在做 DNA 检测，漾哥的爸爸是前天赶来的，但是，他不是漾哥的亲生父亲，所以，没有办法做认领。我们需要等待。"

等待。

我知道我会等待。

像那首歌中唱到的一样，哪怕等待等待再等待，哪怕我和他是河两岸，永隔一江水。

我也相信他没有远去，他总会归来，抵达我心，与我相亲相爱，永不分开。

《左耳听见》（李珥的歌）

他们都说

我们的爱情不会有好的结局

而我一直没放弃努力

他们都说

左耳听见的，都是甜言蜜语

左耳的爱情遗失在风里

当今年春天飘起最后一场冰冷的雨

有一些故事不得不写下最后的痕迹

那些关于我们之间的秘密

就让它藏进心底

再也不用跟别人提起

左耳听见，左耳听见

我不会离去

我一直在这里

左耳听见，左耳听见

这消失的爱情

这不朽的传奇

左耳听见，左耳听见

你没有离去

你还在这里

左耳听见，左耳听见

你一直在这里

守着我们的过去

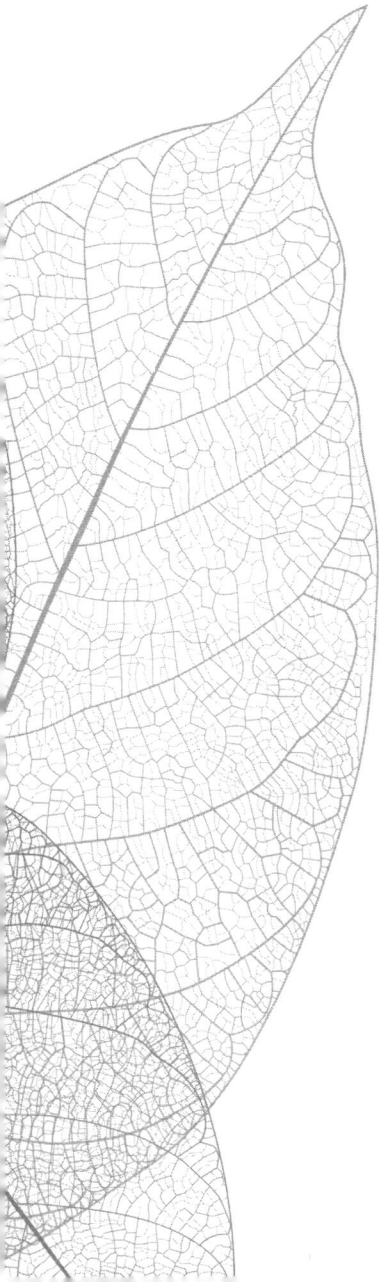

尾声

春天到来的时候，我又见到赵海生。

我们分手一年多，这是我第一次见他。他穿白色的休闲衬衫，打一把蓝色的伞，出现在我家门前。

我请他进来，他低头换了鞋，轻轻地把伞放在门边。

时光倏忽回到我的十五岁，他也是这样弯腰进来，用好听的声音礼貌地问："是夏老师家吗？我从北京来，有过电话预约。"

……

我愣在那里几秒钟，然后我转身进了厨房，给他泡了茶。

"对不起。"我说，"家里没咖啡。"

"吉吉。"他接过，问，"你还好吗？"

"还好。"我说，"晚上留下吃饭吧，我去买点菜。"

"不了。"他摇头，"我只是路过，顺便来看看你。对了，我看到你得奖的消息了，夏老师要是泉下有知，应该很骄傲才对。"

他说完，目光转到墙上，看到我墙上挂的两幅画，一幅是我离开时从他家里拿走的，我父亲画的《丫头》，另一幅是我这次得奖的作品《一只不会飞的鸟》。

"米米的案子，听律师说你放弃了？"赵海生问。

"是的，始终证据不足。"我说，"最重要的是，当事人都不在了，再纠缠下去，痛苦是无谓的。"

"他恢复得还好吗？"

"谢谢，还不错。"

"我打算九月再去澳洲。"

"故地重游？"

"定居。"他开门见山地说，"吉吉，我希望你跟我一块去。"

我转过头看窗外。

"他并不适合你。"赵海生说，"爱情是一辈子的事。"

"也许吧。"我说，"好在他这一辈子才算刚刚开始。"

"你有没有想过，难免有天他会想起来？"

我脸色微变，却强撑着说："没什么，也许那天他已经爱上我，离不开我。"

"祝你好运。"赵海生把茶一口喝完，站起身来，微笑着对我说，"吉吉，你泡的茶和你煮的咖啡一样好喝。我走了，你考虑下我的建议，还有些时日，不必太急。"

他出了门，门很矮，他略弯了一下腰，撑开伞，走了。

我在房间里坐了很久。这个季节，窗外可以看到成群的鸟飞过。我总喜欢在它们翅膀一张一合的时候猜测它们的来去，它们到底要飞向何方，哪里会是它们的归宿？成群结队，是否也因为它们害怕孤单？

门被人推开，是漾，他穿了明黄色的球衣，抱着篮球，一身的汗，大声对我说："吉吉，看我给你带什么来了？"

说完，他伸出后面的一只手，手里拎着的是一条活蹦乱跳的大鱼。

"哈哈。"他笑，"瞧，我会钓鱼了，今晚咱们有好吃的了。"

"对不起。"我赶紧站起来，"我忘了做饭了。"

"我来做吧。"漾把鱼放进厨房，转身对我说，"吉吉，那个人是谁？"

"谁？"

"来找你那个。"

"你都看见了？"

"呵呵。"漾说，"你该留他吃晚饭。"

那天的晚饭，是漾做的，他坚持不让我插手。记得漾刚会做饭的时候，笨手笨脚，我家的碗差不多每天都遭殃，但现在，他已经把这一切做得可圈可点，手艺差不多要超过我了。我闻到红烧鱼的香味，胃口大开。

"你要多吃一点。"漾给我盛好饭，"你太瘦了，要不从明天起，我带你打球去吧，我们学校的篮球队我已经组建起来了，你可以去当替补队员。"

"怎么，你们的篮球队不分性别的吗？"

"你例外。"他说。

他笑起来的样子，真是好看。

"你看着我干什么？"他问。

"好看，才看着你。"

"呵呵。"他说，"被艺术家吹捧，真来劲！"

我伸出手里的筷子，轻轻敲他的头。他看着我说："吉吉，我在哪里见过你？"

我埋头吃鱼，鱼眼睛安安静静地看着我。他把一大块鱼子夹给我："我爸爸说，鱼子吃多了会聪明。"

我抬眼惊讶地看他："你想起来了？"

他耸耸肩："就这么一点儿，脱口而出了。"

"你爸爸一定挺好，也挺帅。"

"那是当然。"他毫不谦虚。

晚上的时候，雨终于停了，我们坐在门外的台阶上看星星。漾忽然对我说："过两天，我把这个小屋整修一下，我都在这里白住快一年了，还没交过房租呢。"

"漾。"我说，"你喜欢这里吗？"

他叹息："一个没有过去的人，能这样已经很幸福了。"

"对了，你去医院复查，医生怎么说？"

"左耳的听力是没办法恢复了，至于记忆，医生说，我要是回到熟悉的环境、熟悉的人身边，应该还有希望。"

我坐得靠他近一些。他伸长手臂搂住我："不过吉吉，你还是让我觉得亲切，我好像真的曾经在哪里见过你。"

"嗯。"我说。

"其实你不用考虑我。"漾说，"你看，我现在恢复得很好，你要是有自己的事情，尽可以去做。"

我当然明白他的意思。

我抬起脸问他："我们这样过一辈子，难道不好吗？"

黑暗中，他的眸子比天上的星星还要亮。我闭上眼睛，他的吻落到我的唇边，呢喃地说："吉吉，你知道我担心什么。"

"什么？"

"我担心我不是你最爱的那个。"

这句话击中我的心脏，我猝不及防地推开他。

"怎么了？"他试图揽回我。

"早点睡吧，"我说，"明天我还要到市里去出差。"

"是去送画吗？"他说，"我明天没课，替你当劳工吧。"

"不是。"我说，"是去见个朋友。需要两三天。"

"好！"他站起身，伸了个大大的懒腰，"休息！"

我们回到各自的房间。小屋不是很隔音，我甚至能听到他在那边换衣服、脱鞋、上床拉被子的声音。我打开床头柜的抽屉，那里面有部手机。我还记得那天，许弋给我打了最后一个电话，告诉我他将用自己的方式来替米米复仇。我没来得及劝阻他，当我和赵海生赶到酒吧的时候，爆炸已经发生了。到处都是人，我们的车没法停，只好绕到酒吧的后面，正好看到他从酒吧的楼上跳下来，满脸都是血。我一眼就认出了他。我把他拖上车，他的头部受了重伤，看上去奄奄一息，我们把他送进了医院，他身上并没有别的东西，除了这部手机。

他在医院里躺了一个星期才醒过来，因头部被燃烧的房梁击中，左耳听力丧失，也不再记得过去。我看到媒体上的报道，他在那天的火灾中一共救了十三个人，在最后的爆炸中"失踪"。关于他的报道是双面的，有人称他英雄，也有人说他是元凶。他并没有亲人，只有一个养父，连 DNA 检测都困难重重。

那一刻我下定决心把他留在我身边。就让他失踪吧，让所有的猜测都随风去吧，我愿意相信这是上天的安排。他是一个灾难的礼物，从"一块钱"开始，慢慢游进我的生命。既然他的过去被擦得干干净净，照顾好他的明天是我的责任。

我在他出院的前一天跟赵海生提出分手，然后，我带着他回到了这个海边的小城。

赵海生没有纠缠，或许他爱的一直就是我母亲，我对他而言，只是一个暂时的填空，内心永远也得不到圆满，放手是最好的选择。

可我自己呢？

我拿起手机，走到外面，下过雨的海滩潮湿冰凉。我赤足走在上面，打开他的手机，里面只有一点点的余电，因为手机长时间不用，已经停机，我翻看上面的通讯录，翻到"小耳朵"这个名字的时候，我停了下来。

小耳朵。

在医院里，我曾经听他反复喊过这个名字。

我相信，这一定是他深爱的女孩。

当他站在客厅里长时间看那幅《一只不会飞的鸟》的时候，我更清楚，在画的后面，藏着一个他一直深爱的女孩子。

是时候，把他还给她了。

我拿出自己的手机，用颤抖的手，拨了那个电话。电话通了，我听到一个清脆而甜美的声音："喂，请问找谁？"那一刻我仿佛看到米米，米米站在海水中央，竖起大拇指，调皮地对我微笑。

我镇定下来，轻声说："噢，我找小耳朵。"

· The End ·